Marconi Leal

Os cavale...

Ilustrações: Joubert José Lancha

2ª edição
2011

© 2004 texto Marconi Leal
ilustrações Joubert José Lancha

© Direitos de publicação
CORTEZ EDITORA
Rua Monte Alegre, 1074 – Perdizes
05014-000 – São Paulo – SP
Tel.: (11) 3864-0111 Fax: (11) 3864-4290
cortez@cortezeditora.com.br
www.cortezeditora.com.br

Direção
José Xavier Cortez

Editor
Amir Piedade

Preparação
Alexandre Soares Santana

Revisão
Alessandra Biral
Rodrigo da Silva Lima
Roksyvan Paiva

Edição de Arte
Mauricio Rindeika Seolin

Impressão Editora Parma

Dados Internacionais de Catalogação na Publicação (CIP)
(Câmara Brasileira do Livro, SP, Brasil)

Leal, Marconi
  Os cavaleiros da toca / Marconi Leal; ilustrações Joubert José Lancha. — 2. ed. — São Paulo: Cortez, 2011.
(Coleção Astrolábio)

  ISBN 978-85-249-1126-2

  1. Literatura infantojuvenil I. Lancha, Joubert José. II. Título. III. Série.

05-3041   CDD-028.5

Índices para catálogo sistemático:

1. Literatura infantojuvenil   028.5
2. Literatura juvenil   028.5

Impresso no Brasil — março de 2011

*Para minha avó, Maria de Lourdes Melo Leal.
Para minha avó por parte de
tio, Aída Pereira Coelho.
E para minha mãe, Fátima Hissa Leal.*

Sumário

1. O bilhete esquisito 6
2. Um lance inesperado 14
3. Os desaparecidos 20
4. Más notícias 26
5. Sequestro 33
6. A pista 39
7. Decifrando a mensagem 46
8. O livro 55
9. O carro preto 64
10. A ida ao centro da cidade 73
11. O endereço 81
12. Nova perseguição 87
13. A segunda mensagem 94
14. A tradução 102
15. Quinta-feira 109
16. O invasor 116
17. O sumiço de Adriana 126
18. Na livraria 132
19. A líder 140
20. Trancados no quarto 147
21. Na sala de correção 154
22. Final 160

1

O bilhete esquisito

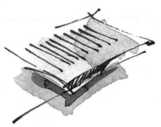

Que papel era aquele? Rodrigo passou os olhos sobre a folha e não conseguiu entender o que estava escrito. Por um minuto, aquilo lhe pareceu um jogo de palavras cruzadas ou um código maluco, desses que se veem em filmes de detetives. Fez uma cara de espanto olhando para as letras, mas logo guardou o bilhete no bolso e saiu da sala dos professores, tentando entender o que estava acontecendo.

Tinha ido até ali para falar com Ricardo, o professor de História. Queria a revisão da última prova, em que tinha obtido uma péssima nota. Logo ele, que adorava História e nunca havia tirado nota baixa em matéria alguma. Como assim? Aquilo não podia estar acontecendo.

Primeiro, porque sempre fora um bom aluno. Talvez não o melhor da turma, mas bom o suficiente para jamais ter ido para a recuperação. E, segundo, porque, se não passasse por média, perderia o direito à bolsa de estudos que havia ganho ao ser convidado para jogar na equipe de futsal da escola, tornando-se o primeiro aluno negro a frequentar o Colégio Nobre.

Isso era o que o deixava mais nervoso. Sabia que, se dependesse do dinheiro da mãe, que trabalhava como lavadeira, jamais poderia estudar no colégio. E, com aquelas notas do último teste, com certeza seria expulso.

Mas ele sabia também que havia algo errado. Não tinha feito uma prova ruim. Como explicar aquele desastre? E se perdesse a bolsa? Teria de voltar para a escola pública, onde o ensino ficava a desejar? Perderia os amigos que tinha conquistado naqueles quase dois anos? Não queria nem pensar nisso.

Precisava encontrar uma explicação. E ninguém melhor para ajudá-lo do que o professor Ricardo. Eles sempre se deram muito bem. O professor conversava muito com Rodrigo e o incentivava a ler e estudar. Como sabia que o menino não tinha dinheiro para adquirir os livros que indicava, dava-os de presente ou os emprestava, e até o convidara mais de uma vez para usar sua biblioteca particular, que tinha mais de dois mil livros.

Rodrigo considerava-o quase como um pai — pai que o menino havia perdido quando contava apenas dois anos. Ricardo também era de origem pobre e havia conseguido fazer faculdade e tornar-se um conhecido e respeitado professor. Era um exemplo para o menino, além de ser uma pessoa muito legal. Não admitia que Rodrigo o chamasse de "senhor". O garoto tratava-o sempre por "você".

Sendo assim, Rodrigo não teve receio de falar com ele, naquela tarde, na hora do lanche, ao entrar na sala dos professores lotada.

— Professor, com licença, queria falar com você — disse, aproximando-se de Ricardo, que estava de pé a um canto da sala, sozinho, em frente a uma mesa cheia de livros.

O professor olhou-o assustado. Seu rosto estava vermelho e suava muito. Com as mãos trêmulas, rapidamente fechou o livro que estava aberto à sua frente, suspirou e gaguejou:

— A-agora não posso.

Disse isso e ficou mudo, respirando fundo, com os olhos muito abertos. Rodrigo já tinha notado que ele estava muito calado ultimamente, não conversava mais como antes. Nem parecia a mesma pessoa. Antes, quando o via, sempre parava para dar atenção, batia a mão em seu ombro, falava sobre futebol e literatura — dois assuntos que Rodrigo adorava. Agora ficava desse jeito, como se estivesse com vergonha de alguma coisa.

— Eu queria rever a prova, Ricardo. Tenho certeza de que não errei tanto — continuou o menino.

— Depois, talvez.

Sem dizer mais nada, o professor recolheu os livros e enfiou-os dentro de uma bolsa. Em seguida, guardou um caderno e uma caneta, deixando sobre a mesa apenas uma folha de papel rabiscada.

— Preciso ir — disse, por fim.

Colocou a bolsa nas costas e dirigiu-se para a saída da sala, rapidamente, como quem foge.

— Espere! Você esqueceu esta folha! — disse Rodrigo, apanhando o papel que o professor havia deixado em cima da mesa e indo em sua direção.

Mas já era tarde. Correndo muito, o professor sumiu no corredor. Foi então que o menino passou os olhos sobre o papel e deu com aquelas frases sem sentido. Guardou o bilhete esquisito no bolso, pensando em devolvê-lo a Ricardo quando o reencontrasse, e saiu para o pátio, onde os colegas o esperavam.

Estava triste e confuso. Sabia que a coordenação havia proibido a divulgação das provas. Eram ordens do novo diretor, um homem sisudo, que gostava da educação à moda antiga, "com ordem e disciplina", segundo ele mesmo anunciou assim que assumiu o novo cargo. Mas o comportamento de Ricardo intrigava o estudante.

Ao mesmo tempo, tinha certeza de que não havia feito uma prova ruim. Como agir, então? Não encontrava saída. Já se via expulso do Colégio Nobre, dando adeus ao sonho de cursar Direito numa boa universidade.

— E então? Conseguiu falar com o professor? — perguntou Breno, assim que Rodrigo chegou ao pátio.

— Não quis nem me ouvir. Saiu correndo sem me dar atenção.

— Estranho — disse Luíza.

— Muito estranho — repetiu Adriana.

— Pois é. Eu não consigo entender.

Os quatro reuniam-se todos os dias, à hora do lanche, naquele mesmo lugar: um banco de madeira pintado de branco, postado debaixo de uma mangueira, afastado dos demais. Rodrigo, Breno, Luíza e Adriana estudavam na mesma sala e eram amigos inseparáveis.

Na verdade, os garotos faziam parte de um grupo secreto que se autodenominava "cavaleiros da toca". O nome tinha surgido do fascínio deles pelos cavaleiros medievais e suas aventuras heroicas. A "toca", por outro lado, era o nome de sua sede, o lugar onde se reuniam, seu esconderijo indevassável.

— Precisamos fazer alguma coisa — disse Adriana.

— Isso não é justo — observou Luíza irritada.

— Eu sei. Mas fazer o quê? — perguntou Rodrigo.

— Vamos para o subsolo — resolveu Breno.

"Subsolo" era como chamavam a um lugar escondido, uma escadaria, nos fundos da piscina do colégio, cercada por carteiras velhas e móveis destruídos, escura e silenciosa como um galpão, aonde ninguém ia. Ali, podiam conversar à vontade, sem serem ouvidos ou interrompidos. Dirigiam-se para aquele lugar todas as vezes em que estavam na escola e precisavam tomar decisões sérias.

Uma vez no subsolo, Luíza exclamou:

— Nós vamos falar com Ricardo!

Ela ainda estava com raiva. Não era preciso muita coisa para irritá-la, aliás. A menina era a mais esquentada do grupo. Quando qualquer coisa a contrariava, seu rosto tornava-se vermelho e seus olhos negros brilhavam muito. Num instante, ficava agitada, esfregando o nariz e bufando.

— E se a gente falasse com esse diretor novo? — perguntou Adriana distraída.

Aquela era uma atitude muito comum nela. Era um pouco "desligada", vivia "no mundo da lua", como Luíza gostava de dizer. As duas brigavam muito por terem temperamentos tão opostos: uma, atenta e enérgica; a outra, calma e pensativa.

— Não. Acho melhor, não. Esse diretor é uma fera! — ponderou logo Breno, roendo as unhas.

Ao dizer isso, ele fez um movimento com o pé e escorregou, caindo dois degraus abaixo na escada. Todo o mundo riu, esquecendo por um minuto o problema que enfrentavam. Breno parecia especialista em proporcionar momentos como aquele. Era terrivelmente desastrado.

Quando voltaram a ficar sérios, Luíza propôs:

— Vamos tentar falar com Ricardo mais uma vez. Acho que é o melhor que temos a fazer. Se ele não nos atender, partimos para um novo plano.

Todos concordaram com a ideia. E sabiam exatamente quando pô-la em prática: dali a pouco, quando teriam aula de História. Rodrigo não poderia estar presente, porque o Colégio Nobre jogaria uma partida decisiva pelas quartas de final do campeonato interescolar e o menino precisava preparar-se para o jogo. Eles se encontrariam mais tarde, na hora da partida, e os amigos lhe contariam o resultado da conversa com o professor. Ficaria apenas torcendo pelos três cavaleiros, que, por sua vez, torceriam por uma vitória dele e da equipe do colégio no futsal.

A sineta tocou e eles se separaram, desejando-se boa sorte. Para Rodrigo, a partida era o que menos importava naquele momento. Pensava em sua nota baixa. Pensava na expulsão da escola. Pensava na estranheza de Ricardo. Será que a ideia de Luíza daria certo? Era esperar para ver.

E lá foi ele para o ginásio. Com o bilhete esquisito esquecido no bolso.

2

Um lance inesperado

Assim que trocou de roupa e entrou na quadra, Rodrigo esqueceu a nota baixa, a sua possível expulsão e todo o resto. Aquilo acontecia sempre. Diante da bola e ao lado de seus companheiros de time, ele não conseguia pensar em outra coisa que não fosse o futsal. Principalmente em dia de decisão. Concentrava-se exclusivamente na partida que estava por vir e não via a hora de ela começar.

— Preparado? — perguntou Júnior, o técnico da equipe, ao vê-lo chegar para o treino.

— Preparadíssimo — respondeu, sorrindo, e seguiu em direção a uma das áreas, onde seus amigos testavam o goleiro com chutes a gol.

Faltava um bom tempo para o começo do jogo, mas todos já estavam bastante ansiosos. Afinal, o Colégio Nobre nunca havia ido às quartas de final de um campeonato interescolar. Aquela seria uma partida histórica.

Em grande parte, o responsável pela boa campanha do time tinha sido Rodrigo. O menino era realmente um jogador extraordinário, um craque. Seus gols tinham sido decisivos até ali.

— E aí? Arrisca um placar? — perguntou Pedro, o ala esquerda do time titular, quando Rodrigo se aproximou.

— Não sei. O jogo vai ser difícil — respondeu.

— Vai. Mas acho que a gente ganha de três a zero — continuou Pedro.

— Tomara que sim — disse Guga, o beque, chutando uma bola no gol para a defesa do goleiro Joel.

— Tomara — concordou Zito, o ala direita.

Rodrigo realmente não tinha palpite para o jogo. Claro que, no fundo, todo jogador pensa em ganhar a partida. Mas o fato é que o time do São Bernardo era muito bom. Tinha sido campeão, no ano anterior, com quase a mesma equipe de agora. Além disso, estava acostumado a chegar a finais.

Por isso Júnior havia marcado aquele treino para antes do jogo. Normalmente, em dia de partida, não havia treinamento. Mas o técnico achou melhor reunir os meninos para fazer uma análise mais detalhada do adversário e ensaiar algumas jogadas. "Um treino leve", como dizia.

— Eu só queria que o jogo começasse logo — declarou Rodrigo.

— Eu também não aguento mais esperar — concordou Pedro.

— Vocês acham que vem muita gente? — perguntou Zito.

— Com certeza. No último jogo lotou — lembrou Guga.

— Vai ser um jogão — disse Hugo, o reserva de Rodrigo.

Nesse momento, o apito de Júnior soou. Estava chamando os meninos para se reunirem no círculo central. Quando todos já estavam sentados ali, o técnico começou a falar da partida e do adversário.

— Muito bem, meninos, hoje é o nosso grande dia — começou. — Não podemos deixar a vitória escapar justo agora. Vocês sabem quanto custou chegar até aqui. Como eu já disse mais de uma vez, temos todas as chances de ir à final...

À medida que Júnior ia falando, os olhos dos meninos brilhavam. Com sua voz grossa, barriga grande e vasta careca, sabia como ninguém levantar o ânimo da equipe. Nos momentos de maior dificuldade, dizia a palavra certa. E, mais importante, acreditava no que falava. Sua sinceridade contagiava a todos no grupo.

Depois de meia hora de conversa, os garotos estavam mais confiantes do que nunca. O treinador aproveitou a oportunidade para chamar a atenção do time para a marcação sobre o excelente pivô da equipe adversária. Em seguida, ensaiou jogadas e simulou situações de jogo.

Ao fim de uma hora, mais ou menos, o treino acabou. Estava em tempo de entrar no vestiário e trocar-se para a partida. Os meninos reuniram-se, juntaram as mãos e deram seu grito de guerra: "Colégio Nobre! Colégio Nobre! Ô! Ô! Ô!"

A partir daquele momento, todos sabiam, não havia mais o que discutir ou conversar. O resultado dentro das quatro linhas é que determinaria o sucesso ou o fracasso da equipe.

Enquanto os garotos se dirigiam para o vestiário, o ginásio começou a encher. Com a aula encerrada, os alunos

chegavam para assistir à partida. Ninguém queria perder aquele jogo por nada no mundo. Traziam bandeiras, faixas, cornetas e papéis picados. Uma torcida grande e barulhenta, como jamais se tinha visto no Colégio Nobre.

Dez minutos antes do começo do jogo, já não cabia quase ninguém no ginásio. A imensa maioria da torcida era do Nobre, mas também havia alunos do São Bernardo num canto da arquibancada. Eram poucos, mas vibrantes, o que deu início a uma verdadeira disputa de torcidas para ver quem gritava mais alto.

— Colégio Nobre! Colégio Nobre! — cantava um lado.

— São Bernardo! São Bernardo! — rebatia o outro.

Quando os times entraram em quadra, a zoada ficou ensurdecedora. Uma festa grandiosa. Parecia final de Copa do Mundo.

— Rodrigo! Rodrigo! — passou a dizer em coro a torcida do Nobre, e o menino agradeceu com um aceno. Pela primeira vez desde a reunião no subsolo, pensou novamente que estava prestes a ser expulso do colégio. E seria expulso por um motivo que não conseguia compreender. Precisava saber como tinha sido o encontro dos cavaleiros com Ricardo. Imediatamente, procurou os amigos na arquibancada e não conseguiu localizá-los. Não podia ser! Eles sempre estavam ali, na primeira fila, gritando seu nome! O que teria acontecido?

Em seguida, olhou para a última fileira e tomou novo susto. No lugar onde Ricardo gostava de ficar, em pé, encostado na parede e assistindo ao jogo, havia outras pessoas. O professor também não tinha vindo ao jogo? Aquilo não era comum. Ricardo era o maior incentivador de Rodrigo, estivera presente em todas as partidas!

Será que a conversa estava durando tanto tempo assim? Não. A aula de História era a primeira após o recreio. Depois disso Ricardo deixava o colégio. Com toda a certeza não era a conversa que impedia aqueles quatro de virem ao jogo. Alguma coisa estava errada. E, o que era pior, ele não podia deixar a quadra para averiguar. Seus companheiros de equipe precisavam de sua ajuda para vencer aquele jogo tão importante.

— Vamos lá, meninos! — disse Júnior, reunindo o time perto do banco de reservas. — É agora ou nunca. Mantenham a calma e confiem no seu parceiro. A gente vai ganhar esse jogo.

O selecionado formou novamente uma roda e deu o grito de guerra, dessa vez acompanhado pelo coro da torcida. Em seguida, cada um tomou sua posição em quadra, aquecendo os músculos.

Rodrigo olhou pela última vez a arquibancada em busca do professor e dos amigos. Nada. Nem sinal deles. "O que estará acontecendo?", pensou novamente e esfregou as mãos de nervosismo.

Mas logo o juiz apitou, dando início à partida, e o menino voltou a concentrar-se na bola. Não podia deixar que seus problemas afetassem o desempenho na quadra. Tratou de correr e dar o melhor de si. Afinal, aquele poderia ser seu último jogo defendendo as cores do colégio.

Mesmo assim, não podia evitar as perguntas que, vez por outra, voltavam à sua mente: "Onde estão os meninos? Cadê o professor?"

3

Os desaparecidos

O jogo começou muito tenso. As duas equipes erravam muitos passes e a marcação estava cerrada. A primeira chance de gol foi do São Bernardo. Aos quatro minutos, Aílton, o pivô do time, deu um drible em Guga, entrou na área e bateu no canto. Joel fez uma defesa extraordinária, jogando a bola para escanteio.

Um minuto depois, foi a vez do Colégio Nobre. Zito pegou a bola pela direita, lançou no meio para Pedro. Este deu um passe rápido para Rodrigo, que foi até a linha de fundo e chutou cruzado. A bola explodiu na trave. No rebote, Pedro entrou de carrinho, mas a bola passou longe do gol.

— Vamos fazer o xis! O xis! — gritava Júnior do banco, com sua voz de trovão. Mais um pouco e, como sempre, ele ficaria rouco.

O treinador estava-se referindo à jogada mais conhecida do futsal. Um jogador toca a bola para outro, na defesa, e corre na diagonal, em direção ao ataque. Então ocorre uma rápida troca de posicionamento, abrindo mais espaços para lançamentos e tornando o jogo mais ágil.

Os meninos estavam fazendo o xis, sim, mas nada parecia funcionar. Os adversários faziam uma marcação homem a homem bastante competente, parando o jogo com falta quando necessário. Além disso, conseguiam armar um contra-ataque ligeiro que sempre pegava os garotos de surpresa.

Foi assim que, aos sete minutos, o mesmo Aílton pegou a bola no meio-campo, passou por Zito, cortou na direção da meia-lua, driblou Guga e, na saída de Joel, mandou a pelota para os fundos da rede.

Gol. Um a zero para o São Bernardo. A torcida do Colégio Nobre emudeceu. A torcida visitante festejou.

— Vamos! Vamos virar! Vamos virar! — gritava Júnior, enquanto os jogadores do São Bernardo comemoravam.

Rodrigo trouxe a bola para o centro da quadra. Reiniciado o jogo, recuou-a para Guga e correu pela direita. O companheiro fez um lançamento preciso. Rodrigo amorteceu a esfera de couro no peito e, quando o marcador se aproximou, tocou-a por entre as pernas dele. Em seguida, outro defensor deu um carrinho e o atacante, com leve toque, cobriu o adversário.

O público levantou-se. Rodrigo avançou mais ainda. Sem ninguém para marcá-lo, ajeitou a bola para a perna direita, na linha da área, preparando o chute. De frente para o gol, cara a cara com o goleiro, quando estava prestes a empatar a partida, recebeu uma falta por trás.

— Pênalti! — gritou Júnior.

Mas o juiz marcou apenas falta. Em todo caso, era uma falta muito perigosa. O técnico do time adversário pediu tempo.

— Vocês já sabem o que fazer — disse Júnior, quando os meninos se aproximaram do banco. — Zito e Pedro passam direto e Rodrigo chuta no gol. Como a gente ensaiou. Vamos lá.

A campainha tocou. Os times voltaram à quadra. Formada a barreira, o juiz apitou. Como Júnior havia dito, Zito correu como se fosse bater, mas pulou a bola. Em seguida, Pedro fez o mesmo. Por fim, foi a vez de Rodrigo aproveitar a confusão que a manobra criou entre os defensores para atirar em gol. Chutou. E mais uma vez a bola estourou na trave — no travessão, para ser mais exato.

— Oh! — reagiu a torcida em coro.

Inacreditável. O chute de Rodrigo era uma verdadeira bomba, todos sabiam. Chutava tanto com a perna direita como com a esquerda e já tinha deixado alguns adversários arriados no chão, ao acertar-lhes boladas no corpo. Mas aquele foi demais. A bola tocou o ferro, quicou a um palmo da linha do gol, voltou a subir mais uns dois metros e o goleiro agarrou-a num salto.

Perder um gol assim não era nada bom. Mas pior foi o que aconteceu em seguida. Num gesto rápido, o arqueiro viu Aílton livre e lançou a bola para ele. O artilheiro do São Bernardo deu um chute de primeira, da intermediária da quadra, antes que Guga pudesse se aproximar. O bólido cobriu Joel e foi cair dentro da meta.

Dois a zero no placar, aos dez minutos do primeiro tempo. Uma ducha de água fria parecia ter caído sobre os meninos do Colégio Nobre. Torcida e time desanimaram. Alguma coisa precisava ser feita antes que fosse tarde demais. Percebendo isso, Júnior levantou-se para pedir tempo.

— Atenção na marcação, gente! — reclamava o técnico. — Vocês estão deixando o time deles jogar solto. Vamos colar neles e movimentar essa bola. Tocar e passar. Se a gente não correr, não tentar se desmarcar, eles vão ganhar todas. É só apertar a marcação e se deslocar para receber que a gente vira esse jogo. O xis! Façam o xis!

O juiz apitou, a partida foi recomeçada e, logo aos onze minutos, surgiu excelente oportunidade de gol. Guga cobrou um lateral para Zito, que, de peito, enfiou a bola na esquerda para Pedro. Este fez uma embaixadinha e cruzou na área para Rodrigo, que cabeceou no ângulo. O goleiro deu enorme salto e fez linda defesa.

— Oh!

Menos de um minuto depois, houve quase uma repetição da jogada. Só que dessa vez Rodrigo arrematou de bicicleta. A bola passou triscando a trave e foi para fora.

— Pela mãe do guarda! — exclamou Júnior, coçando a careca em sinal de desespero.

Essas chances perdidas de gol pareceram reanimar o Nobre. Aos treze minutos, Rodrigo deu uma de suas arrancadas famosas, driblou um, dois, três adversários e passou para Pedro, que acertou belo chute de fora da área. A bola venceu o goleiro, mas o zagueiro tirou-a com o peito, quase de dentro do gol.

Em seguida, foi a vez de Zito driblar dois jogadores, passar a pelota para Pedro, recebê-la de volta e chutar nas redes, mas pelo lado de fora. E depois uma tabelinha entre Rodrigo, Guga e Zito acabou com a conclusão de Pedro; o goleiro mais uma vez fez uma defesa espetacular, evitando o gol.

A superioridade do Nobre era total. Tanto que o técnico do São Bernardo pediu tempo mais uma vez, para ver se conseguia reorganizar sua equipe, que, desde a última parada, já não havia conseguido chegar ao gol. O problema é que Rodrigo, Zito, Pedro e Guga, por mais que fizessem jogadas fantásticas, não logravam modificar o placar.

No futebol, muitas vezes se diz que a bola "não quer entrar" e que, quando isso acontece, não há jeito. Parecia ser esse o caso naquela noite. Por mais que os meninos criassem oportunidades, finalizassem corretamente, a bola simplesmente "não queria entrar".

Durante todo o final do primeiro tempo, o time do São Bernardo chegou pouquíssimas vezes ao gol. Em compensação, o Nobre acertou mais uma vez a trave do adversário e forçou o goleiro a fazer "milagres". Mas não houve jeito. A primeira parte do jogo terminou mesmo em dois a zero para o time visitante.

Os meninos estavam decepcionados. Júnior tentava reanimá-los:

— Por que vocês estão com essas caras? Não há nada perdido. Temos ainda quinze minutos para virar este jogo. É só ter um pouco mais de cuidado na marcação e aproveitar as chances de gol.

Enquanto ele falava, surpresa! Do outro lado do ginásio, suados e esbaforidos, Breno, Adriana e Luíza entravam correndo. Rodrigo estava de costas para eles e atento ao que o treinador dizia, por isso não os viu chegar.

Talvez fosse melhor assim. Os três cavaleiros estavam muito agitados e nervosos. Tremiam. E não traziam notícias boas para dar ao amigo.

4

Más notícias

Os três garotos enfiaram-se entre o público que estava em pé ao redor da quadra e, com dificuldade, aproximaram-se do banco de reservas. Dali fizeram sinais desesperados na tentativa de chamar a atenção de Rodrigo, que permanecia atento às instruções do técnico.

— Será possível que ele não vê a gente? — perguntou Luíza agoniada.

— Eu vou gritar — anunciou Adriana.

— Não faça isso. Desse jeito, a gente pode acabar atrapalhando o time — disse Breno.

— E o certo é atrapalhar mesmo. O assunto é urgente, Breno! — rebateu Luíza, esfregando o nariz.

— Eu vou gritar — repetiu Adriana.

— Calma! — pediu mais uma vez o menino.

A verdade era que eles não podiam esperar mais. Acabavam de descobrir algo seríssimo, algo que punha em risco a permanência de Rodrigo na escola. E, o que era ainda mais grave: naquele exato momento, segundo tudo indicava, a vida do professor Ricardo estava em risco.

É certo que precisavam fazer alguma coisa urgente. Havia um mistério a ser solucionado, e toda a força dos cavaleiros da toca seria necessária para aquela tarefa. Rodrigo devia ser avisado quanto antes. Tudo dependia de ele olhar para o lugar da arquibancada de onde seus amigos acenavam freneticamente.

— Não é à toa que nosso time está perdendo. Rodrigo ficou cego! — comentou Luíza, já irritada com a demora do craque em vê-los.

— Eu vou gritar — continuava a dizer Adriana, como se estivesse inteiramente possuída pela ideia.

— Vai nada. Vamos esperar — objetou Breno.

No banco, a equipe do Nobre ouvia as últimas instruções:

— Vocês estão muito bem. É só continuarem assim que os gols vão sair — dizia Júnior, incentivando os jogadores. Mas ele conhecia muito bem aquela história de quando a bola "não quer entrar" e, apesar de não demonstrar, estava apreensivo.

Rodrigo levantou-se para voltar à quadra. Só então, surpreso, viu seus amigos no meio do público. Eles continuavam acenando. Seus rostos não negavam: alguma coisa muito grave havia acontecido.

Tentou aproximar-se para ouvir o que tinham para dizer, mas o juiz apitou, sinalizando o reinício da partida.

Não havia mais tempo. Aquela conversa teria de ficar para o fim do jogo. Retornou lentamente para dentro das quatro linhas, confuso e curioso. Afinal de contas, o que se passava?

Logo começou o segundo tempo e a torcida voltou a agitar-se. Luíza, Adriana e Breno sentaram-se por um instante para observar a partida. Por ora, era tudo o que restava fazer.

Enquanto isso, na quadra, o tempo ia passando, os rapazes iam perdendo gols e tudo permanecia como antes: dois a zero para o adversário. O time jogava muito bem, a torcida empolgava-se, mas nada de o gol sair.

— Não é possível! — diziam todos, sem acreditar no que viam.

Três, cinco, sete, nove minutos do segundo tempo, e a derrota continuava estampada no marcador. Faltavam apenas seis minutos para o jogo acabar. Os torcedores do Nobre estavam mudos e angustiados. A torcida adversária fazia festa na arquibancada, cantava, batia palmas.

Foi então que, num dos poucos ataques que o São Bernardo realizou no segundo tempo — e, mais uma vez, numa jogada rápida de seu ótimo goleiro —, a bola foi lançada para o atacante Aílton. Ele gingou o corpo na frente de Guga, rolou a bola para o lado e chutou.

Por sorte, a bola bateu na trave. Ao voltar, caiu nos pés de Rodrigo. O menino arrancou pela ponta direita contra dois adversários. Correndo muito, passou pelo primeiro, jogando a redonda por entre suas pernas. Veio o segundo, e ele a tocou de um lado e apanhou-a do outro. Em seguida, quando o goleiro lhe veio ao encontro em desespero, fez uma finta que o deixou caído. E, diante do gol vazio, deu um chute certeiro com toda sua força.

— Goooool! — explodiu o ginásio em alegria.

Golaço. Rodrigo ergueu o braço direito dobrado, com raiva, e assim ficou, num gesto de comemoração já conhecido da torcida. Seus companheiros correram para abraçá-lo. Imediatamente o técnico adversário pediu tempo.

— Vamos lá! Pra cima! Fazer mais um! Mais um! — era tudo o que Júnior dizia, já rouco, arrancando os poucos fios de cabelo que ainda havia em sua cabeça.

A torcida em peso cantava:

— E dá-lhe, Nobre, e dá-lhe, Nobre, olê, olê, olê!

Rodrigo olhou mais uma vez para os três cavaleiros na arquibancada. Estavam calados e sérios. Seu corpo gelou. Sentiu uma pontada no peito. Conhecia-os muito bem. Não ficariam assim sem motivo. Se ainda nutria alguma esperança de que estivesse enganado quanto ao que tinham para dizer, essa esperança desfez-se ali, olhando para suas expressões de angústia.

Reiniciado o jogo, com o apoio dos torcedores, a equipe fez o que Júnior havia pedido: partiu para cima. Faltavam pouco mais de quatro minutos para acabar o certame. Se o Nobre fizesse mais um gol, levaria a decisão para a prorrogação. Caso contrário, estaria eliminado do campeonato.

Aos treze minutos do segundo tempo, faltando apenas dois para o fim da partida, Rodrigo tomou uma bola na defesa e arrancou para o ataque. Vendo que o goleiro adversário estava adiantado, resolveu arriscar e desferiu um chute antes do círculo central. A bola cobriu o goleiro e... gol!

— Gooool!

Delírio da torcida. Empate! E que empate! Era bom demais para ser verdade. Os alunos do Nobre explodiram num grito de alívio e alegria.

— Rodrigo! Rodrigo! — gritavam em coro, encantados com o desempenho do atleta.

Houve um momento em que todos pensaram que a partida estivesse perdida. Agora, pelo contrário, voltava-se a vislumbrar a oportunidade de ganhar o jogo. Se o placar não se modificasse, haveria prorrogação. E, do jeito que estava atuando, o Nobre tinha tudo para vencer.

— Ele fica lindo com a farda de jogo e a braçadeira de capitão — comentou Adriana, que, após o gol, esqueceu completamente o que tinham para dizer a Rodrigo.

— O nome disso é uniforme, bobona! Farda é o que a gente usa para assistir à aula — respondeu Luíza, enciumada com o comentário da amiga.

— Seja o que for, tomara que o jogo acabe logo. Ou vocês já esqueceram o que está acontecendo? — perguntou Breno, esfregando as mãos.

— Claro que não! — respondeu Adriana, parando um minuto para pensar sobre o que ele estava falando.

Mas tudo indicava que teriam de esperar um pouco mais, pelo menos até o fim da prorrogação. Isso se a partida não fosse para os pênaltis, o que atrasaria ainda mais o encontro deles com o amigo.

Tudo indicava. No entanto, o Colégio Nobre tinha Rodrigo, e o menino demonstraria mais uma vez por que era considerado o melhor jogador do campeonato. Faltando poucos segundos para o término do jogo, ele faria novamente a diferença, ao sofrer uma falta na entrada da área.

O ginásio inteiro parou em expectativa. Aquela era com certeza a última chance de gol da partida.

— Chuta direto, Rodrigo! — gritou Júnior do banco.

O artilheiro ajeitou a bola no local da falta, tomou uma grande distância e preparou-se para o chute.

— Vai, Rodrigo! — gritou Adriana, batendo palmas.

— Vai, Rodrigo! — gritou ainda mais alto Luíza, torcendo o nariz para a amiga.

O juiz autorizou. O menino correu, chutou e...

— Gooooooool!

Três a dois! De virada! Não se conseguia ouvir mais nada dentro do ginásio em polvorosa. Em seguida, assim que o São Bernardo pôs novamente a bola em jogo, o juiz encerrou a partida. E a torcida do Nobre, em êxtase, invadiu a quadra. Rodrigo foi colocado nos ombros como um herói.

— Rodrigo! Rodrigo!

Quando conseguiu voltar ao chão, Breno, Luíza e Adriana puxaram-no para um canto da quadra e confidenciaram:

— Você não vai acreditar, Rodrigo!

— Que foi que houve?

— O professor... o professor foi sequestrado!

5

Sequestro

Rodrigo estava boquiaberto. Como sabiam que Ricardo havia sido sequestrado? Breno então contou que o professor não tinha aparecido para dar sua aula. Os amigos acharam estranho; afinal, ele já estava na escola fazia vários anos, e aquilo nunca tinha acontecido.

Preocupados, antes do início da aula seguinte, ligaram para o colégio público para onde Ricardo normalmente seguia ao sair do Colégio Nobre. Ali, ninguém tinha notícias dele. Mais tarde, ao término das aulas, entraram em contato com a casa do professor. Sua mulher informou que ele ainda não havia retornado e disse estar preocupada: já deveria ter chegado há muito tempo.

Então os meninos se lembraram de que Rodrigo contara que Ricardo saíra correndo da sala dos professores naquela tarde, como se fugisse de alguma coisa, e começaram a desconfiar de que algo estivesse errado. Por que agiria assim? Alguém o estaria perseguindo?

Por fim, telefonaram para outra escola, onde o professor fazia trabalho voluntário à noite, na alfabetização de adultos. Nada. Ninguém o tinha visto e ele não havia avisado que faltaria.

Então tiveram certeza. Pensaram no comportamento de Ricardo nos últimos tempos, em como estava calado e nervoso. Alguma coisa o incomodava. Agora sabiam: alguém o estava ameaçando.

— Mas por quê? — perguntou Adriana.

— E é preciso algum motivo para sequestrar alguém hoje em dia? — replicou Luíza.

— Mas professor ganha tão pouquinho!

— Mesmo assim. Basta que se tenha algum dinheiro.

— Não sei, não. E se a gente ligasse para a casa dele novamente? Já é tarde. Ele pode ter chegado.

Todos concordaram. Rodrigo correu até o vestiário, passando por torcedores e companheiros de equipe, que o cumprimentavam. Rapidamente tomou banho, trocou de roupa e acompanhou os amigos até um telefone público próximo ao refeitório do colégio.

— Alô, é da casa do Ricardo? — perguntou, assim que atenderam do outro lado da linha.

— Sim, quem deseja? — disse dona Marta, a mulher do professor, a qual o garoto conhecia das vezes em que fora a sua casa.

— Dona Marta, sou eu, Rodrigo. Tudo bem?

— Rodrigo, eu não sei por onde anda o Ricardo! Sumiu! Já liguei até para a polícia! — tornou ela, muito nervosa.

Então era verdade! Rodrigo mal conseguia acreditar. Ao desligar o telefone, após tentar acalmar dona Marta, virou-se para os amigos com o rosto pálido e confirmou:

— Vocês tinham razão.

Ninguém se pronunciou. Estavam abalados demais para dizer o que quer que fosse. Já tinham ouvido falar de sequestros na cidade, claro. Os jornais diariamente traziam notícias de um novo crime. Mas quem poderia imaginar que algo assim aconteceria a alguém tão próximo?

Rodrigo, mais do que nenhum outro, conhecia a realidade da violência urbana. Ao contrário dos colegas da escola, que viviam em casas ricas ou de classe média, ele morava num bairro pobre e afastado. Todo dia, tinha de pegar dois ônibus para chegar ao colégio, aonde a maioria dos alunos chegava de carro.

Em sua "comunidade", o tráfico de drogas e armas ocorria à luz do dia. Muitos amigos seus de infância faziam parte do crime. A juventude, que não tinha acesso a boas escolas nem a boas condições de moradia, a lazer ou diversão, era corrompida pelo dinheiro fácil dos traficantes.

Alguns de seus conhecidos já haviam sido, inclusive, mortos nas "guerras" entre as gangues. Ao contrário do que ocorria nos bairros nobres, quase nunca se via policiamento nos subúrbios. E, quando a polícia aparecia, era muitas vezes para invadir as casas dos moradores de bem e maltratar a população local.

Na situação dele e de milhões de outros brasileiros pobres e miseráveis, não havia muitas alternativas ao crime. Esquecidos pelas autoridades, convivendo com bandidos, com o dia a dia de violência e medo, com a falta de emprego, saúde e educação, era quase um milagre que a maioria ainda vivesse de maneira honesta. Não eram poucos os que se entregavam a assaltos, a sequestros e ao tráfico.

No caso de Rodrigo, a presença materna tinha sido fundamental. Com a morte do pai, dona Norma havia educado o garoto sozinha e de maneira exemplar. Mesmo sem recursos financeiros, empenhou-se para que o filho estudasse desde cedo e fez de tudo para mantê-lo na escola.

Incentivou a prática de esportes e orientou-o para que se afastasse do mundo das drogas.

Graças à mãe e ao gosto que ele tomou pelos livros e pela bola de futebol, Rodrigo tinha até então conseguido vencer os obstáculos que a origem pobre havia posto em seu caminho. Não foi fácil. Mas teria sido, talvez, impossível sem o apoio de dona Norma.

Por isso a provável expulsão do colégio deixava-o tão triste. Além de não querer perder a oportunidade de estudar numa instituição de alto nível, com excelentes índices de aprovação no vestibular, não desejava decepcionar a mãe, que se orgulhava muito dele e lutara tanto para educá-lo.

Ao pensar nisso, Rodrigo relembrou a conversa que tivera com Ricardo poucas horas atrás. Só agora entendia por que o professor se mostrara tão diferente, tratando-o de maneira tão fria. Estava em perigo.

— Não, não, Luíza! A Adriana está certa! — declarou Breno, de repente, estalando os dedos.

Todos estranharam aquela atitude. Afinal, desde que Rodrigo desligara o telefone, os quatro não tinham dito nada. Fazia cinco minutos, mais ou menos, que permaneciam em pé, no mesmo lugar, muito pensativos.

— Que susto, Breno! — disse Luíza, levando as mãos ao peito. — Do que é que você está falando?

— Sobre ter sido um sequestro comum. A Adriana estranhou que o professor tivesse sido sequestrado em troca de dinheiro. E ela está certa. Quer dizer, por um lado está errada, porque muita gente de pouco dinheiro é sequestrada. Mas por outro está certa, porque o professor não pode ter sido sequestrado dessa maneira.

— Claro! — concordou Rodrigo, arregalando os olhos. — Esses sequestros são feitos sem que a vítima espere. No caso do professor, alguém o avisou. Ou, pelo menos, ele descobriu que seria sequestrado.

— Sim, porque ele estava nervoso, como se estivesse sendo seguido — emendou Adriana.

— Bem pensado! — exclamou Luíza. — Mas quem teria interesse em sequestrar o professor? E, se ele estava sendo perseguido, por que não disse nada e sumiu assim, sem deixar rastro?

Ao ouvir aquelas palavras, Rodrigo estremeceu.

— Esperem! — disse.

E enfiou a mão no bolso da calça. Dali tirou um papel, que passou a ler, muito concentrado. Era a folha de caderno que Ricardo deixara sobre a mesa, minutos antes de desaparecer.

— Que foi, Rodrigo? — perguntou Luíza.

Tirando os olhos da folha e sorrindo, o garoto explicou:

— O professor não sumiu sem deixar rastro, Luíza. Ele deixou uma pista, sim. Uma mensagem em código. E ela está aqui neste papel.

6

A pista

Breno postou-se ao lado de Rodrigo e leu, em voz alta, o que estava escrito no papel:

ASSIM ESCREVIA DA VINCI:
RECOLHA O FILHO DE GUTENBERG
DE DENTRO DO TESOURO DE NÍNIVE.
ELE TEM A PRIMEIRA DAS MARCAS FENÍCIAS
E O CIX ROMANO.

Quando a leitura acabou, os meninos entreolharam-se abobados. Luíza entortou os lábios e, com cara de quem sabe tudo, tomou a folha para si e releu as frases em silêncio. Segundos depois, foi obrigada a confessar:

— Não entendi nada.

— Nem eu — adiantou-se para dizer Breno, coçando a cabeça. — Não sabia que o professor era poeta.

— Não é poesia. É uma mensagem cifrada — disse Rodrigo.

— Coitado... O Rodrigo endoidou — lamentou Luíza.

— Mensagem cifrada? Como assim? — perguntou Adriana, sem prestar atenção no que a amiga havia dito e arregalando muito os olhos.

— Esta folha de caderno estava no meio das coisas do Ricardo, quando fui falar com ele hoje na sala dos professores — explicou Rodrigo. — Ele deixou o pedaço de papel sobre uma mesa antes de sair correndo e desaparecer, como se quisesse que eu o visse. No começo achei estranho, mas agora tudo parece se encaixar. Ele estava querendo me dizer algo.

Breno e Luíza não se convenceram de imediato. Aquela história estava indo muito longe. Primeiro, o professor estava sendo perseguido por um desconhecido e tinha sido sequestrado. Até aí a coisa já parecia fantástica demais para ser verdade. Mas, agora, acreditar que ele havia deixado uma mensagem em código? Isso não acontece na vida real, foi o que eles pensaram. Parece enredo de livro ou de filme. Apesar de adorarem aventuras, não podiam acreditar naquilo.

Rodrigo insistia, apontando o conteúdo do bilhete. O texto, de fato, era bastante enigmático. Por mais que o lessem e relessem, não conseguiam atinar com seu sentido. Mas quem garantia que Ricardo escrevera aquilo para Rodrigo? E se tudo não passasse de uma coincidência? E se eles estivessem imaginando coisas e o comportamento estranho do professor tivesse outra explicação? E se seu sumiço não passasse de um sequestro relâmpago, desses que aparecem nos jornais todos os dias?

As perguntas eram muitas. Em determinado momento, até Rodrigo começou a questionar-se. Talvez aquele escrito fizesse parte de alguma pesquisa de Ricardo. Ele era muito estudioso, passava horas na biblioteca lendo e fazendo anotações. Ou, quem sabe, fosse apenas um lembrete pessoal, algo que tinha escrito para recordar a passagem de algum livro.

— O melhor que a gente tem a fazer é voltar para casa — ponderou Breno, ao fim de alguns minutos. — Vamos deixar essa história para a polícia resolver. A única ajuda que a gente pode dar é ligar para dona Marta mais uma vez, para tentar acalmá-la, e aguardar o resultado das investigações.

Mas assim que ele acabou de falar, Adriana, que todo aquele tempo permanecera calada, aérea, mordendo o lábio e olhando para o teto, virou-se para o grupo com os olhos brilhando e um leve sorriso no rosto. Como se fizesse o comentário mais simples do mundo, disse:

— "Assim escrevia Da Vinci." Não é isso que diz o texto? Só pode estar falando de Leonardo da Vinci, o pintor e inventor. Vocês sabiam que Da Vinci escrevia ao contrário, da direita para a esquerda, como se estivesse diante de um espelho? Escrevia desse jeito para que não pudessem ler os seus textos. Era uma espécie de código. Engraçado, né?

Para falar a verdade, os meninos não acharam aquela informação nada engraçada. Pelo contrário, ficaram muito sérios, de boca aberta. Como não tinham pensado naquilo antes? Sem querer, Adriana havia acabado de confirmar a tese de Rodrigo. Eles passaram tanto tempo discutindo o assunto e não se ativeram ao mais importante: tentar decifrar a suposta mensagem. Agora estavam trêmulos diante da descoberta.

Com aquela frase, "Assim escrevia Da Vinci", o professor parecia indicar que o texto estava escrito em código. Afinal, tinha sido o próprio Ricardo quem falara de Leonardo da Vinci para eles, numa das aulas de História sobre o Renascimento. Da Vinci foi um gênio da pintura. Sua tela mais conhecida é a *Mona Lisa*. Além de artista, era cientista, filósofo e inventor. Chegou a projetar em sua época aparelhos que só surgiriam muito tempo depois, como o paraquedas e o submarino.

Naquele período histórico, final do século XV e começo do XVI, a Igreja exercia um poder ditatorial. Por meio da Santa Inquisição, julgava e condenava à morte na fogueira todos os que discordassem de sua doutrina. Muitos pensadores tiveram esse destino. Era proibida a leitura de alguns livros e textos considerados profanos. Então, para fugir da censura e da perseguição, Da Vinci desenvolveu uma técnica de escrever diferente.

Talvez Adriana se tenha lembrado de Leonardo por ser ela mesma excelente desenhista e ter fascinação por pintura e escultura. Em sua casa, guardava vários livros com reproduções das obras de artistas famosos. Frequentava uma escola de artes e já havia pintado alguns quadros

belíssimos. Seus dedos viviam sujos de tinta, que ela, distraída, nunca se lembrava de remover.

— Você também é um gênio, Adriana! — disse Rodrigo, abraçando a amiga, que não tinha a mínima ideia do motivo por que ele fazia aquilo.

Luíza virou a cara, enciumada. Depois observou:

— Bom, parece que o professor realmente escreveu em código. Mas resta saber que tipo de código é esse. Afinal de contas, o texto não está escrito da direita para a esquerda, como Da Vinci fazia.

— Isso. Precisamos decifrar a mensagem. E rápido! Ricardo está correndo perigo! — completou Breno, roendo as unhas.

— Vamos para a toca, urgente! — chamou Rodrigo.

— Vamos — concordaram imediatamente os demais.

A toca ocupava o espaço de uma imensa biblioteca, que se localizava no interior da casa de Luíza. Filha única, a menina morava com os pais numa mansão muito antiga, do início do século XIX. Ali, havia inúmeros empregados e grande luxo. Para se chegar à toca, entrava-se por uma velha passagem secreta, em seu quarto. O lugar tinha livros do chão ao teto, além de uma série de equipamentos sofisticados de última geração: televisão, computador, DVD, som, *videogame*, ar-condicionado, telefone, bebedouro e frigobar.

Antes, a mobília era antiquada. Mas, quando os meninos resolveram fazer do espaço um lugar só deles, os móveis foram trocados por outros, novos e despojados, e alguns objetos do grupo foram incorporados ao ambiente, como patins, bolas, luvas, raquetes, violão e revistas em quadrinhos, entre outros, que quase nunca ficavam guardados no armário construído para isso.

A toca era um esconderijo grande e confortável, um mundo à parte, todo feito para os cavaleiros e proibido para estranhos. Lá dentro, ninguém os incomodava. Quando queriam descansar, havia pufes e almofadas espalhadas sobre fofos tapetes. Quando queriam ler, dispunham de uma mesa redonda, de poltronas e de um divã. Para jogar, havia sinuca, cesta de basquete e pebolim. Ao entrar naquele refúgio, os garotos esqueciam-se de tudo e entregavam-se de corpo e alma ao estudo, à leitura e à diversão.

Mas naquela noite seria diferente. Ao chegar à toca, estavam tensos e pouco dispostos a brincadeiras. A vida de seu professor predileto dependia deles. Precisavam de toda a concentração para decifrar a mensagem enigmática.

7

Decifrando a mensagem

Logo que entraram na toca, os cavaleiros sentaram-se ao redor da mesa. Eles tinham lido as aventuras do Rei Artur e gostavam de pensar que aquela era a Távola Redonda deles. Com todos em seus postos, Rodrigo retirou a folha de papel e colocou-a à vista dos outros, relendo:

> ASSIM ESCREVIA DA VINCI:
> RECOLHA O FILHO DE GUTENBERG
> DE DENTRO DO TESOURO DE NÍNIVE.
> ELE TEM A PRIMEIRA DAS MARCAS FENÍCIAS
> E O CIX ROMANO.

Terminada a leitura, perguntou:
— Alguém tem ideia do que se trata?
Estavam todos pensativos. Luíza tomou a palavra:
— Eu reconheço os nomes Gutenberg e Nínive. Tenho quase certeza de que já li sobre eles, mas não lembro onde...
— Os fenícios não eram um povo antigo? — perguntou Breno.

— Eram — respondeu Rodrigo. — Um povo de comerciantes e navegadores que dominou o Mar Mediterrâneo durante muitos séculos.

— Isso! Eles se estabeleceram onde hoje é o Líbano e a Síria — completou Luíza.

Adriana levantou-se e foi apanhar o globo na prateleira. Identificou o Líbano e a Síria e mostrou-os para os outros. Enquanto eles discutiam sobre a Fenícia, a menina passeava os olhos sobre países e acidentes geográficos, esquecida do real motivo por que trouxera o objeto para a mesa.

— A mensagem diz: "Ele tem a primeira das marcas fenícias" — leu Rodrigo. — O que isso quer dizer?

Dessa vez foi Luíza quem se levantou para apanhar um livro de História. Eles se debruçaram sobre as páginas durante meia hora, mais ou menos, sem achar a informação. Ali descobriram que os fenícios tinham sido grandes artesãos e inventaram o primeiro alfabeto de que se tem notícia. Mas, mais importante, encontraram uma referência a Nínive, outro nome que aparecia na mensagem.

— Eu sabia que já tinha ouvido falar em Nínive! — disse Luíza. — Aqui, vejam: era uma cidade da Assíria, outro império da Antiguidade.

— Duas civilizações antigas são citadas — observou Breno. — Talvez haja um vínculo entre elas.

— E há — continuou Luíza. — A Assíria ficava ao norte da Babilônia, onde hoje é o Irã. Ou seja, bem perto da Fenícia. E não é só isso: os assírios dominaram os fenícios e outros povos da região.

"Os assírios eram extremamente violentos" — leu Rodrigo. — "Tratavam seus conquistados com crueldade. Mas muito do que se sabe hoje sobre a Mesopotâmia se deve a um de seus soberanos: Assurbanipal. Ele organizou a grande biblioteca de Nínive, com uma imensa coleção de textos em caracteres cuneiformes."

— Que confusão! Eu não estou entendendo mais nada — resmungou Breno. — É Mesopotâmia, Babilônia, Assíria, Fenícia, caracteres cuneiformes... Alguém, por favor, pode me explicar essa história direito?

Então Adriana, que durante todo aquele tempo estivera alheia à conversa, subindo e descendo o dedo pelo globo, descobrindo países novos e terras distantes, levantou os olhos, girando a esfera em seu eixo e mostrando-a ao amigo:

— Olhe aqui, Breno. Mesopotâmia é como se chama a terra entre estes dois rios, o Tigre e o Eufrates. Mesopotâmia quer dizer justamente "terra entre rios". A Babilônia compreendia grande parte disso que a gente hoje chama de Oriente Médio, incluindo a Mesopotâmia. Ou seja, Irã, Iraque, Arábia Saudita, Golfo Pérsico. Os assírios ficavam numa região montanhosa ao norte da Babilônia e dominaram a região toda, incluindo a Fenícia, que está deste lado, mais a oeste, onde hoje é o Líbano, a Síria e Israel.

— Exato — concordou Luíza. — E os caracteres cuneiformes eram utilizados numa forma de escrita, a primeira de que se tem notícia. Antes de existir o alfabeto e mesmo os hieróglifos egípcios, havia a escrita cuneiforme, um método de escrever que consistia em fazer uma série de "cunhas", pequenos buracos no barro. Era assim que os assírios escreviam.

— Esperem aí — disse Rodrigo. — Isso está começando a fazer sentido. A escrita cuneiforme era usada pelos assírios, que organizaram uma grande biblioteca em Nínive. Os fenícios, por outro lado, inventaram o alfabeto.

— É — assentiu Breno. — Talvez esteja aí a chave para a gente entender a mensagem. Ela parece ter alguma coisa a ver com letras ou escrita, maneiras de escrever.

Ao ouvir aquilo, até Adriana franziu a testa e deixou o globo de lado. O raciocínio de Rodrigo e Breno fazia sentido. Finalmente a reunião começava a surtir efeito. Os cavaleiros pareciam ter encontrado alguma ordem naquelas palavras tão enigmáticas da mensagem.

Os meninos fizeram silêncio e cada um saiu para um canto da toca, pensando. Breno segurava a cabeça com as mãos, nervoso como nunca. Já quase não tinha unhas para roer. Rodrigo afundou numa poltrona, de olhos fechados. Adriana sentou-se no chão e ficou brincando com uma bola de tênis. E Luíza dirigiu-se ao computador para pesquisar na internet.

Aquilo durou cerca de dez minutos. Só se ouvia o barulho da bola que Adriana atirava na parede e dos dedos de Luíza no teclado. De repente, esta tirou os olhos da tela e deu um grito que quase fez Breno arrancar a cabeça do pescoço.

— Gutenberg! — repetia como uma louca. — Gutenberg!

— Que foi, Luíza? — perguntou Breno em pânico, imaginando que a sala estivesse pegando fogo ou coisa parecida.

— Johann Gutenberg é o nome do homem que inventou a prensa móvel. Até o século XV, os livros eram muito raros e caros, porque não havia jeito de imprimi-los em grande quantidade. Na Idade Média, as cópias existentes eram escritas à mão por monges, que eram dos poucos homens cultos da época. Mas, com a invenção da prensa móvel, houve uma verdadeira revolução. A informação passou a ser acessível a um grande número de pessoas. E Gutenberg foi o responsável por isso. O livro, como nós conhecemos hoje, só foi possível depois de sua invenção.

— Outro inventor. Como Leonardo da Vinci — comentou Rodrigo, levantando-se.

— E mais uma referência à escrita — lembrou Adriana.

— E esse tal de Gutenberg tinha filho? Porque o texto fala no "filho de Gutenberg"... — disse Breno.

— Não, Breno. Acho que a palavra "filho", aqui,

tem outro sentido — considerou Rodrigo. — Esse é um texto cifrado, o que quer dizer que está escrito em linguagem figurada. As mensagens secretas são assim. As coisas não são ditas às claras, mas de uma maneira poética. Nem tudo deve ser levado ao pé da letra.

— Nesse caso — emendou Luíza —, o "filho" de Gutenberg pode ser o livro. Não foi o livro que "nasceu" de sua invenção?

— Perfeito. E, se meu raciocínio estiver certo — continuou Rodrigo —, o "tesouro de Nínive" citado na mensagem também tem outro significado. Não é exatamente um tesouro, como ouro ou pedras preciosas.

— É a biblioteca, Rodrigo! — gritou mais uma vez Luíza, e Breno segurou o peito, como se o coração fosse sair pela boca. — Vejam bem: toda referência do texto é à escrita, como a gente viu. E Nínive tinha uma biblioteca extraordinária. Um verdadeiro tesouro!

— Então, seguindo o mesmo raciocínio — tomou a palavra Adriana, saindo de um de seus "sonhos" e arregalando muito os olhos, como de costume —, as "marcas fenícias" são as letras do alfabeto, invenção dos fenícios.

— E a primeira dessas marcas é a letra "a", a primeira letra do alfabeto — completou Breno esfuziante.

Os meninos estavam excitadíssimos. No começo, haviam desconfiado de que aquela história de mensagem secreta era uma loucura. Agora, as coisas começavam a se esclarecer. Mas, apesar de todo o esforço, ainda não conseguiam atinar com o sentido do texto. E logo o entusiasmo deu lugar ao desânimo.

— Nós já descobrimos quase tudo e, mesmo assim, a mensagem continua um mistério — disse Luíza.

— É, nesse ritmo a gente só vai sair daqui no próximo ano! — concordou Breno.

— Eu preciso passar o Natal com minha família... — divagou Adriana.

— O problema é esse "Cix romano" de que o texto fala — comentou Breno. — Quem foi "Cix romano"? Se a gente descobrisse, talvez ficasse mais fácil.

— Já olhei na internet e não há nada sobre "Cix romano" nenhum — resmungou Luíza.

Após essa conversa, tornaram a ficar calados. Começavam a ter fome e sono. Estava cada vez mais difícil raciocinar. Adriana e Luíza apoiaram a cabeça sobre a mesa. Breno apanhou o violão e começou a tirar alguns acordes. Ele adorava música, tocava muito bem e já havia composto algumas canções. Tinha até uma banda, chamada Os Demiurgos, com a qual se apresentava nas festas do colégio.

Só Rodrigo permanecia desperto e concentrado. E foi ele que, de repente, falou, pulando como quem comemora um gol:

— "Cix romano" não é uma pessoa! C-I-X é como se escreve o número cento e nove em algarismos romanos, percebem? Isso aqui é uma instrução. O professor diz para a gente procurar o "filho de Gutenberg" no "tesouro de Nínive". Ou seja, para pegar um livro na biblioteca. E essa biblioteca é a biblioteca do colégio.

— Claro! — concordou Luíza, levantando a cabeça. — Os livros na biblioteca do colégio são organizados em ordem alfabética e têm um algarismo romano após as letras.

— Exatamente — voltou a dizer o menino. — Ele quer que a gente pegue o livro com "a primeira das marcas fenícias" e o "CIX romano". Quer dizer, o livro A-CIX. Esse livro deve conter alguma informação sobre seu paradeiro.

Após ouvirem essas palavras, os garotos mal conseguiam ficar sentados. Todos falavam ao mesmo tempo. Comemoravam o fato de a mensagem ter sido decifrada, mas estavam muito nervosos também. Agora que o texto se tornara claro, percebiam que estavam metidos numa confusão muito séria.

Quem havia sequestrado Ricardo? E por quê? A resposta para essas perguntas estava num livro, na biblioteca do colégio. Precisavam achá-lo antes que fosse tarde demais.

O livro

No dia seguinte, Rodrigo acordou antes da hora. Durante toda a noite, havia rolado na cama sem conseguir pegar no sono, pensando nas descobertas da véspera e imaginando o que aguardava os cavaleiros na biblioteca do colégio.

Quando se levantou, encontrou o café da manhã pronto na sala, como sempre. Já tinha dito várias vezes à sua mãe que não era preciso fazer comida para ele. Sabia que ela trabalhava muito. Acordava cedo e só ia dormir tarde da noite. A maioria do tempo vivia cansada.

Mas ela insistia em preparar o desjejum, o almoço e o jantar. Mesmo quando não havia comida suficiente, esquentava ao menos um café preto para ele tomar antes de ir à escola. E, embora sofresse com as dores nas costas que a acompanhavam havia anos, também fazia questão de varrer e arrumar a casa. Só muito a contragosto é que o deixava ajudá-la nessas tarefas.

— Bom dia, mãe — disse ele, sentando-se ao seu lado na mesa modesta e dando-lhe um beijo no rosto.

— Bom dia, meu filho — respondeu ela, com um sorriso nos lábios e os olhos brilhando.

Eram assim todos os dias. Dona Norma, apesar das dificuldades de uma vida sem recursos financeiros ou conforto material, vivia de bom humor. Tranquila e gentil, adorava a presença do filho nos poucos momentos do dia em que se encontravam. Jamais levantava a voz para ele, jamais reclamava do que quer que fosse.

Rodrigo não entendia como a mãe podia ser tão dócil e amigável. Sentia muita revolta pelo fato de serem pobres, não se conformava. Sonhava em um dia poder dar-lhe uma casa melhor e tirá-la do trabalho de lavadeira, que tanto mal fazia à sua saúde. Mas ela parecia não se incomodar nem um pouco com a situação em que vivia. Sua única preocupação era com o filho que tanto a alegrava e orgulhava.

Naquela manhã, estava feliz porque, além do café preto, tinha comprado pão para ele. Enquanto comiam, os dois conversavam sobre o trabalho dela e os estudos dele. Rodrigo não falou nada sobre a ameaça de expulsão ou o sumiço do professor. E, mais uma vez, insistiu para que a mãe procurasse outro trabalho, mesmo sabendo da dificuldade para arrumar ocupação com os altos índices de desemprego do País.

Após o café, ela seguiu para uma das casas de família onde trabalhava e ele, para a escola. Tinha marcado com os cavaleiros de se encontrarem antes da aula no pátio do colégio. Assim, teriam tempo suficiente para localizar o livro na biblioteca e analisar seu conteúdo. Mas, como acontecia rotineiramente, o ônibus atrasou e Rodrigo não conseguiu chegar a tempo.

Quando entrou no Nobre, percebeu que uma multidão se formava perto da cantina. João Grandão, o porteiro daquele dia, veio até ele e disse, com ar muito sério:

— É a polícia!

— A polícia?

— É!

Encontrou Breno, Luíza e Adriana entre os outros estudantes. Aproximou-se deles e perguntou:

— Que foi que houve?

— A polícia está aqui no colégio — explicou Luíza. — Estão investigando o desaparecimento do Ricardo.

— Alguma novidade?

— Não. Os sequestradores não entraram em contato ainda.

— Onde estão os policiais?

— Na secretaria.

— Vamos tentar falar com eles.

Os meninos seguiram Rodrigo até o primeiro andar. Antes de entrarem na secretaria, porém, perceberam dois homens de paletó negro que saíam dali.

— São os investigadores — informou Breno.

Rodrigo adiantou-se e disse a um deles, que parecia ser o chefe:

— Com licença, posso falar com o senhor?

O homem, alto e magro, de barba e óculos escuros, parou um minuto, observando o menino. Depois, olhou para seu companheiro, um baixinho muito gordo e suado, que tinha o paletó aberto e mastigava uma coxinha.

— O que você quer? — disse, por fim, voltando a encarar o garoto.

— É sobre Ricardo, nosso professor — continuou Rodrigo. — A gente tem uma informação que, eu acho, pode ajudar o senhor.

O magro alto virou-se para o companheiro mais uma vez e soltou uma gargalhada. Depois ficou sério, inclinou o corpo para a frente e disse:

— Não temos tempo a perder, menino. Mas fique tranquilo, que a polícia vai resolver o caso.

— Eu sei, mas é que...

— Chega. Vamos, Baleia.

Os dois afastaram-se sem mais uma palavra. Os meninos ficaram em pé, no meio do corredor, sem saberem o que fazer.

— Ai, que vontade de dar um cascudo nesse homem! — disse Luíza, fechando a mão.

— Por quê? — perguntou Adriana, sem entender, deixando a amiga com mais raiva ainda.

— Eles devem achar que nós somos apenas crianças querendo brincar — considerou Breno.

— É — concordou Rodrigo. — Eu já devia ter imaginado que não nos dariam ouvidos.

— Agora só resta uma coisa a fazer — declarou Luíza.

— O quê? — perguntou Adriana novamente.

— Encontrar o livro, sua tonta — completou a outra.

— Isso mesmo, o livro! — exclamou Adriana entusiasmada. E logo ficou confusa: — Mas que livro?

Luíza ia abrindo a boca para dizer alguma coisa não muito agradável. Percebendo isso, os meninos arrastaram as duas para a biblioteca e passaram a procurar a obra citada pelo professor em sua mensagem.

Como já sabiam, os livros estavam organizados por letras e algarismos romanos. Aproximaram-se da prateleira que tinha a letra "A" e passaram a procurar o número 109. Mas a obra não estava no lugar.

— Desejam alguma coisa? — perguntou gentilmente a bibliotecária, ao perceber que eles vasculhavam a prateleira confusos.

— O livro A-CIX, dona Clara — respondeu Breno. — Será que a senhora poderia nos ajudar?

Dona Clara franziu a testa e levou a mão ao queixo. Era uma senhora de cabelos brancos e gestos agradáveis. Sempre elogiava os meninos por conta de seu amor pela leitura e, todas as vezes em que os via na biblioteca, tentava ajudá-los da melhor maneira possível. Os cavaleiros gostavam muito dela.

— A-CIX? — perguntou a bibliotecária, após um instante. — O nome desse livro é *Getúlio Vargas*. Eu o estou procurando há dias. É o único da lista que eu não encontro. Há dois exemplares dele e não encontro nenhum. Vou levar um carão tremendo por conta disso.

— Lista? Que lista? — quis saber Rodrigo.

—A lista do diretor. Ele me deu uma lista com uma série de livros que eu deveria tirar das prateleiras. Mas esse aí eu não encontro.

— Não está emprestado?

— Não. A última pessoa a pegar os exemplares foi o professor Ricardo, coitado. Mas ele os devolveu antes de ser sequestrado.

Os meninos não sabiam o que dizer ou pensar. Apenas se entreolharam, calados. Primeiro, sumia Ricardo. Agora, o livro mencionado em seu texto cifrado. Seria apenas coincidência ou os dois fatos estariam associados? Estavam imaginando coisas ou algo misterioso estava realmente acontecendo?

Preocupados, agradeceram a dona Clara e saíram para o corredor de novo.

— E essa agora! — exclamou Luíza.

— O que é que nós vamos fazer? — perguntou Breno, que, na falta de unhas, mastigava a gola da camisa.

— Não sei — respondeu Rodrigo.

Nesse instante, a sineta tocou e eles se encaminharam para a sala de aula. Adriana não dizia nada. Ninguém sabia nem mesmo se ela tinha escutado a conversa. Enquanto os outros três andavam rígidos e discutiam o que fazer, a menina brincava, saltando sobre o piso e evitando pisar nas linhas pretas que o enfeitavam. Quando se sentaram nas carteiras, no entanto, ela disse:

— Esse livro deve estar na casa do professor.

— Como? — perguntou Luíza, levantando as sobrancelhas.

— O livro deve estar na casa do professor. Se realmente possui alguma informação importante, Ricardo não o deixaria na biblioteca.

— Mas dona Clara disse que o professor o devolveu.

— E o que o impediria de ter tirado de volta, sem que ninguém percebesse?

— Que bobagem!

A princípio, a ideia realmente não parecia fazer muito sentido. Mas por que não tentar? Eles não tinham outra pista. Então, apesar da discordância de Luíza e de seu nariz empinado, resolveram que, depois das aulas, iriam até a casa de Ricardo e verificariam se o livro estava lá.

Foi o que fizeram. A pé, pois a residência do professor não ficava distante e o bairro não oferecia maiores perigos. Já tinham percorrido aquela distância várias vezes, quando precisavam tirar alguma dúvida relacionada aos estudos ou, no caso de Rodrigo, utilizar a biblioteca particular do professor.

Por isso, seguiam tranquilos e despreocupados, sem perceberem que, pouco atrás deles, um carro preto, sem placa, com vidros escuros, andava em marcha lenta e aproximava-se perigosamente.

9

O carro preto

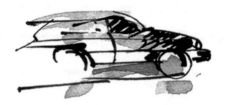

No caminho para a casa do professor, havia uma série de ruas desertas. Quando os meninos entraram numa delas, o carro acelerou. Breno, Luíza e Rodrigo perceberam logo sua aproximação e correram, mas Adriana continuou no mesmo passo lento, sem entender o que estava acontecendo.

— Por que vocês estão correndo? — perguntou.

Sem dizer nada, Breno voltou até ela e puxou-a pela mão, gritando:

— Corre!

Os quatro saíram em disparada pela calçada e o carro aumentou sua velocidade. No desespero, em vez de seguirem na direção da casa de Ricardo, acabaram entrando num beco sem saída.

— Socorro! — berrava Breno, mas não havia ninguém por perto.

Rodrigo, que havia dado a mão a Luíza, seguia na frente de todos. Procurava um portão de muro baixo que pudessem pular a fim de se porem a salvo. Não encontrou. Muros altos alinhavam-se dos dois lados da calçada. Só lhes restava correr o máximo que pudessem, tentando sair da trilha de seu perseguidor.

O problema é que o beco era curto e estreito. Logo chegaram ao fim dele, ficando encurralados numa pequena faixa de asfalto.

— Ai, meu Deus, e agora? — disse Luíza.

— É o fim! — desesperou-se Breno.

— O que será que ele quer? — perguntou Adriana.

— Nada de bom, com certeza — respondeu Rodrigo.

O farol do automóvel acendeu-se e ele veio na direção dos meninos a toda velocidade. Não conseguiam enxergar mais nada.

— Ele está vindo! — exclamou Luíza.

— Vai atropelar a gente! — disse Rodrigo.

— Adeus, mundo cruel! — rezou Breno.

— Será que é cego? — cogitou Adriana.

A poucos metros de distância, o carro deu um cavalo de pau, levantando fumaça e deslizando sobre o calçamento. Parou bem ao lado dos garotos, que se espremeram contra o muro, tentando evitar o choque. O espaço entre eles e o veículo agora não era maior que dois palmos.

Parado como estava, o carro acelerou mais uma vez e o cheiro de gasolina subiu ao ar. Os cavaleiros suavam como se estivessem em uma sauna. Rodrigo percebeu que o automóvel havia tomado toda a extensão lateral da viela, não deixando espaços para fuga.

— Estamos perdidos! — murmurou Breno, tremendo da cabeça aos pés.

— Vai ver que ele quer só uma informação — disse Adriana, inocentemente.

— É, ele quer saber de que maneira vai matar a gente! — emendou Luíza.

— Calma! — pediu Rodrigo.

Então, lentamente, o vidro elétrico do lado do motorista começou a baixar e todos se calaram com um nó na garganta. Primeiro, viram um pedaço de pano preto. Em seguida, dois olhos apareceram, recortados no meio do tecido. Por fim, surgiu uma boca de lábios grossos e malfeitos.

O homem estava usando uma máscara. No pescoço, trazia um lenço com um símbolo bordado. Após alguns segundos mirando os garotos, ele deu uma gargalhada e disse, baixinho:

— Cuidado!

Ao ouvir aquilo, os meninos gritaram a uma só voz:

— Socorro!

O homem gargalhou mais uma vez e meteu o pé no acelerador, fazendo o motor roncar a ponto de explodir.

— Atrás de mim! — disse Rodrigo, de repente, e pulou sobre o capô do carro.

Em seguida, puxou Luíza, Adriana e Breno pela mão, e os quatro saltaram para o outro lado do veículo.

Assim que puseram os pés no asfalto, desembestaram a correr. E o carro arrancou atrás deles.

— Para a casa do Ricardo! — gritou Rodrigo.

Eles tinham conseguido uma boa dianteira. No ritmo em que iam, o automóvel jamais os alcançaria. A residência do professor ficava a apenas duas esquinas de onde estavam.

— Vamos! — insistia Rodrigo.

Acontecia que Breno estava entre eles. E o garoto era muito desastrado. Numa curva do caminho, acabou chutando uma pedra, dando uma cambalhota e caindo de costas no chão.

— Ai! Morri!

Os meninos pararam para ajudá-lo a levantar-se, mas a operação durou algum tempo, porque ele não conseguia andar direito.

— Ai!

Quando finalmente se puseram em marcha, o carro já estava bem perto de novo.

— Subam à calçada! — indicou Rodrigo.

Fizeram o que ele pedia e redobraram os esforços na corrida. Agora era Adriana quem segurava Breno pela mão e o puxava. O menino deslocava-se numa mistura de carreira e salto que fazia lembrar um canguru.

— Não vou conseguir! — dizia.

— Vai, sim! — animava-o Luíza.

— Venha! — chamava-o Adriana.

— Vamos! — gritava Rodrigo.

Em cerca de três minutos eles chegaram à frente da casa do professor. Enquanto tocavam a campainha freneticamente e esperavam dona Marta abrir a porta, acompanhavam a vinda do carro preto.

Antes que a mulher de Ricardo pudesse atendê-los, o automóvel parou, o vidro desceu e eles puderam ouvir mais uma vez o riso maléfico do motorista. Mas, assim que a dona da casa deu passagem, correram para dentro da residência e o carro arrancou em alta velocidade.

— Que foi que houve, meninos? — perguntou ela, preocupada.

— Um carro estava nos perseguindo — explicou Luíza.

— Ai, meu Deus!

Já dentro da casa, a primeira coisa que fizeram foi ligar para a delegacia. Tentaram falar com os investigadores responsáveis pelo caso do desaparecimento do professor.

— Armando falando — disse uma voz do outro lado da linha, que Rodrigo reconheceu como a do policial alto e magro.

— Aqui é Rodrigo. Sou estudante do Nobre. Falei com o senhor hoje cedo, a respeito do sequestro do Ricardo...

— Você de novo, menino?

— O caso é grave. Alguém perseguiu a gente há alguns minutos. Tenho certeza de que isso tem a ver com o sequestro. Nós também descobrimos...

— Menino, isto aqui é coisa séria! Se você me importunar mais uma vez, vou mandar um policial à sua casa para falar com seu pai, ouviu?

— Mas...

Armando desligou o telefone. Luíza irritou-se:

— Esse aí é uma besta quadrada!

— Já o companheiro dele é uma besta redonda! — completou Adriana.

— E eu sou uma besta de pata quebrada! — lamentou Breno, passando no joelho inchado o gelo que dona Marta lhe tinha trazido.

A esposa de Ricardo estava muito preocupada e não entendia nada do que se estava passando. O que os meninos tinham vindo fazer ali? Quem os estava perseguindo e por quê? Eles acharam melhor não contar o que sabiam. Fizeram-se de desentendidos, desconversaram a respeito da perseguição e apenas pediram para "estudar" na biblioteca de Ricardo.

Dona Marta concordou, dizendo um "claro que sim" risonho, mas sem força. Era evidente que o desaparecimento do professor a estava angustiando. Tinha duas olheiras sob os olhos, os cabelos assanhados e a fala arrastada.

Os garotos tentaram acalmá-la e distraí-la por algum tempo. Um pouco mais tranquila, ela pediu um lanche para eles: *pizza* e refrigerante. Depois, deixou-os à vontade na biblioteca.

Encontrar um livro no meio daquela imensa quantidade de obras não seria tarefa fácil. Os meninos vasculharam um por um os volumes, durante mais de uma hora, sem achar o que procuravam.

— Eu sabia que essa ideia não tinha futuro — reclamou Luíza, coberta de poeira.

— Onde foi parar esse livro? — perguntou Rodrigo.

— Só pode estar aqui — insistia Adriana.

— Deve estar escondido — propôs Breno.

E ele estava certo. Foi só depois de mais meia hora de buscas, no fundo de uma gaveta cheia de papéis velhos, que eles encontraram *Getúlio Vargas*, o livro A-CIX da biblioteca do colégio.

— Achei! — gritou o próprio Breno ao encontrá-lo.

Então, os meninos passaram a folhear o volume com extremo cuidado, procurando em cada página algum sinal que pudesse ter sido deixado por Ricardo. Não viram nada. A não ser, lá pelo meio da obra, um endereço que havia sido sublinhado pelo professor e, sobre ele, as palavras "Platão — A República".

— Eu conheço essa rua! — afirmou Rodrigo. — Ela fica no centro da cidade!

— É uma pista! O professor quer que a gente vá a esse endereço! — disse Adriana.

— Mas o que é isso, "Platão — A República"? — perguntou Breno.

— Depois a gente pensa nisso. Vamos! — chamou Luíza.

Fecharam o livro e discutiram a ida ao centro da cidade. Estaria ali a resposta para o misterioso desaparecimento do professor, um desaparecimento que se tornava cada vez mais enigmático? E se estivessem sendo vigiados? E se o carro preto, com seu motorista funesto, aparecesse de novo?

Todos temiam essa hipótese e percebiam o perigo que os rondava. Mas era um risco que teriam de correr para salvar Ricardo.

10

A ida ao centro da cidade

O entusiasmo dos meninos logo esbarrou numa constatação: eram nove horas da noite, tarde demais para ir a qualquer lugar. Seria melhor esperar até a manhã do dia seguinte para visitar o lugar indicado pelo professor e, quem sabe, entender o complicado quebra-cabeça em que se tinha transformado seu sumiço.

Sendo assim, Luíza ligou para seu motorista particular, que veio buscá-los e, em seguida, os deixou nas respectivas casas. Os meninos despediram-se com uma pergunta à qual não tinham resposta: afinal, o que queria dizer aquela anotação feita de próprio punho por Ricardo, "Platão — A República", e deixada logo acima do endereço sublinhado por ele?

Graças às aulas de Filosofia, sabiam que *A República* era o nome de um dos livros de Platão, o pensador grego, discípulo de Sócrates. Os dois tinham revolucionado o pensamento na Grécia Antiga ao considerar o homem como objeto de suas análises, numa época em que se especulava principalmente sobre a natureza. Sócrates acreditava ser possível chegar à verdade mediante o raciocínio e a formulação de questionamentos. Mas como isso se poderia ligar ao desaparecimento de Ricardo?

Rodrigo foi o último a ser deixado em casa por Luíza e seu motorista. Antes que descesse do carro, a menina pegou em sua mão, sorriu e disse:

— Tchau. Cuidado, viu? A gente se vê amanhã.

De uns tempos para cá, Rodrigo vinha reparando em seu jeito de falar com ele e de olhá-lo. Quando estavam a sós, Luíza baixava o tom e deixava escapar uma voz doce e melodiosa, que acelerava o coração do garoto e tornava suas mãos geladas. "Será que ela pensa a mesma coisa que eu?", perguntava-se, tímido, sem coragem de se declarar.

A amizade entre os dois era muito forte. A primeira pessoa que se havia aproximado dele, assim que entrara no Colégio Nobre, fora Luíza. Mas como saber se havia algo ali mais do que amizade? Da parte dele, ainda que não confessasse nem à própria sombra, tinha certeza de que gostava dela de maneira "especial".

No entanto, a menina era muito influenciada pelos romances e poemas que lia. Queria ser escritora. Adorava fantasiar. Tudo podia não passar de um faz de conta dela, mais uma "aventura" de livro. E se estivesse apenas brincando de estar apaixonada? Era melhor não arriscar.

— Até amanhã — disse e desceu do carro, já arrependido de não ter falado algo diferente.

Quando entrou em casa, sua mãe esperava-o sentada numa cadeira da sala, assistindo à televisão. Assim que o viu, sorriu-lhe e levantou-se para dar-lhe um beijo.

— Vou esquentar seu jantar.

— Não precisa, mãe. Eu mesmo esquento.

— Nada disso. O senhor lave as mãos e se sente à mesa, que eu preparo tudo. Ah, antes que eu me esqueça: a secretária do colégio ligou. Disse que o diretor quer falar com você amanhã pela manhã.

— O diretor?

— É. O que será que ele quer?

Rodrigo foi pego de surpresa e não sabia o que dizer. No começo, gaguejou. Mas enfim conseguiu arranjar uma desculpa qualquer. E ficou pensativo, no meio da sala, enquanto sua mãe seguia para a cozinha.

Então o diretor queria falar com ele? Certamente era sobre a nota baixa e a consequente expulsão do colégio. O que faria? Sua única esperança, o professor Ricardo, não poderia ajudá-lo. A princípio, enquanto restasse alguma chance, não diria nada à mãe, para não preocupá-la. Primeiro, ouviria o que o diretor tinha para dizer. Quem sabe conseguiria convencer o homem a dar-lhe uma segunda chance?

Foi pensando assim que, no dia seguinte, chegou ao colégio cedo, pela manhã. Antes, havia telefonado aos outros cavaleiros para adiar a ida ao centro da cidade para o final do dia. Com um pouco de sorte e as palavras certas, estava convencido de que mudaria a opinião do diretor a respeito do teste e provaria que havia acontecido um erro.

Depois de esperar mais de uma hora sentado na secretaria, Rodrigo foi chamado às dez horas em ponto para entrar na sala da diretoria. Ainda não tinha tido contato com o diretor novo. Só o tinha visto numa palestra que dera no primeiro dia de aula e nos corredores do colégio.

Seu nome era Reginaldo. Tinha fama de ser muito sério e duro. Havia entrado no lugar de Fernando, que se afastara da diretoria, segundo alguns, por problemas de saúde e, segundo outros, por falhas na administração. Com Fernando, um senhor idoso e bonachão, ele sempre se dera muito bem. O antigo diretor cumprimentava-o apertando sua mão de um jeito animado e perguntando sobre as partidas de futsal.

— Olá, Rodrigo. Entre. Sente-se, por favor — convidou Reginaldo, puxando uma cadeira para o menino, assim que este entrou na sala, e indo sentar-se atrás de sua mesa.

— O senhor queria falar comigo?

— Sim, e não sei nem por onde começar. Infelizmente, o caso é grave.

Apesar de sério, Reginaldo aparentava simpatia. Jovem, vestia-se com roupas impecáveis e estava bastante perfumado. A primeira impressão de Rodrigo a respeito dele foi boa. O único problema havia sido aquela sua última frase.

— Problema? Que problema? — perguntou o garoto, temendo pelo pior.

— Bem, como é que eu posso dizer? A questão é que... você sabe do nosso acordo para mantê-lo aqui no colégio, não é? Da necessidade de você obter boas notas para continuar com a bolsa? Então... O que acontece é que uma de suas notas não foi boa neste semestre e...

Ele disse tudo aquilo que Rodrigo esperava. Quando acabou de falar, o menino explicou o problema: acreditava que houvesse um erro em sua média de História. E, em virtude do jeito franco do diretor, tomou coragem para fazer um pedido: que pudesse rever a prova.

Falando da mesma maneira pausada e educada, Reginaldo afirmou ser impossível a revisão de provas. Disse que aquele era um sistema novo, moderno, que estava implantando na escola e que pretendia fazer ainda várias outras modificações. Segundo o diretor, a administração anterior era ultrapassada e havia cometido uma série de erros. Ele tinha sido contratado pelo Nobre justamente para consertar essas falhas.

— Mas fique tranquilo — completou. — Não há possibilidade de engano dos computadores. O sistema é à prova de falhas. As notas dos alunos refletem exatamente seu conhecimento.

— E o que vai acontecer comigo, diretor? — perguntou Rodrigo com os olhos cheios de lágrimas.

— Não se preocupe. Não vou expulsá-lo assim, sem mais nem menos. Posso lhe dar um prazo até que você arrume uma nova escola. A final do campeonato interescolar não é no fim da semana? Pois bem, até lá você pode permanecer no Nobre. Não vou tirá-lo do time no meio do campeonato. Não seria justo. Se o colégio ganhar a semifinal hoje, você fica até a final. Caso contrário, estará livre para se matricular em outra instituição a partir de amanhã. Certo?

Rodrigo estava mudo, com um nó na garganta. Não podia acreditar no que estava acontecendo. Suas piores previsões confirmavam-se. Seria expulso do Colégio Nobre e daria adeus às suas chances de ter uma boa formação e entrar na Faculdade de Direito.

Saiu da sala de Reginaldo arrasado. Na secretaria, percebeu que Armando e Baleia esperavam, sentados no sofá, para falar com o diretor. Baleia mastigava ruidosamente um sanduíche, cujo molho lambuzava suas bochechas. Armando lia um livro, muito compenetrado.

— Olhe! Não é aquele menino que vive se intrometendo nos assuntos da polícia? — perguntou Baleia.

— Ele mesmo — concordou Armando. — E então, menino? Já pegou o sequestrador?

Rodrigo permaneceu calado. Baleia deu uma gargalhada imensa e acabou engasgando-se com a comida. Foi preciso que seu companheiro se levantasse de onde estava e batesse em suas costas com uma força desmedida.

— Ai! Ai, Armando! — reclamou Baleia quando conseguiu falar, vermelho como um camarão.

O garoto aproveitou a oportunidade para se retirar. Não sem antes reparar no título do livro que Armando lia tão atentamente: *Getúlio Vargas*. Justamente aquele que Ricardo havia citado em sua mensagem cifrada e em que havia sublinhado um endereço e escrito as palavras "Platão — A República". Coincidência?

Ao deixar a secretaria, encontrou-se com os outros cavaleiros no pátio. Estava quase na hora de começar a aula. Os três quiseram saber como havia sido o encontro, e a cara triste de Rodrigo revelou tudo.

— Não faz mal. A gente vai achar o professor — disse Luíza, e todos concordaram.

Naquela tarde, tiveram aula de História. Um professor substituto foi designado para o lugar de Ricardo. Curiosamente, ele não utilizou o mesmo livro do antigo professor. Trouxe outro, pedindo aos alunos que o comprassem para a próxima aula. E continuou a ensinar a partir da última lição dada: o fim da República Velha.

Mas os cavaleiros mal conseguiram se concentrar nessa ou em qualquer outra aula. Estavam morrendo de curiosidade para conhecer pessoalmente o endereço indicado por Ricardo. E, quando a sineta tocou, anunciando o fim das aulas, saíram da sala em correria.

Finalmente iriam ao centro da cidade.

O endereço

No ônibus, a caminho do centro da cidade, Rodrigo falou aos amigos do livro que Armando estava lendo na secretaria do colégio.

— *Getúlio Vargas?* — estranhou Breno.

— Sim — confirmou Rodrigo.

— Mas isso é muito esquisito! — observou Luíza.

— Por quê? — perguntou Adriana eufórica, mas ninguém respondeu, pois tinham acabado de chegar ao destino.

Desceram do ônibus e caminharam por uns dez minutos até chegarem à rua cujo nome havia sido sublinhado por Ricardo. Tratava-se da Rua da Praia, onde, no século XIX, ali mesmo no Recife, funcionava o *Diário Novo*. Esse jornal fora um dos defensores da Revolução Praieira, que, em 1848, lutara pela liberdade de imprensa e por trabalho para todos. O movimento foi esmagado em 1852, mas seu nome até hoje está ligado ao da rua.

Andaram ainda alguns metros até alcançarem o número 175, que constava do endereço assinalado.

— Chegamos — disse Breno.

— É, o número é esse — confirmou Luíza.

— Mas isto daqui é uma livraria — constatou Adriana.

— Vamos entrar e dar uma olhada — concluiu Rodrigo.

De fato, no local funcionava uma livraria. Não uma dessas de *shopping*, limpa, moderna e iluminada. Pelo contrário, seus móveis eram velhos e empoeirados. O espaço era estreito e longo, de teto muito alto, como se ali antes houvesse funcionado um armazém.

— Que lugar é este? — perguntou Breno espantado.

— Uma livraria! — reafirmou Adriana, encantada com o local.

— Você é um gênio, Dida — ironizou Luíza.

— Estas lojas do centro são assim mesmo, muito antigas — explicou Rodrigo.

— É, mas eu acho que a gente se enganou. O que esta livraria tem a ver com o desaparecimento do professor? — indagou Breno.

Os meninos estavam confusos. Esperavam achar, naquele endereço, uma pista segura do paradeiro de Ricardo. Quem sabe até o cativeiro onde estivesse preso. Mas uma livraria? Aquilo não fazia sentido.

— Desejam alguma coisa? — perguntou um solícito funcionário, aproximando-se deles.

— Hum... não, obrigada. A gente está só olhando — respondeu Luíza.

— Só olhando — repetiu Breno compenetrado.

— Fiquem à vontade.

O funcionário retirou-se para os fundos da loja. Havia ele e mais uma mulher na livraria, atrás do balcão, diante de uma antiga máquina registradora. Nem um único cliente, além dos garotos, estava no local.

— Vamos nos espalhar e procurar alguma pista — propôs Rodrigo.

Foi o que eles fizeram. Percorreram os corredores, passando os olhos sobre os livros e estudando as instalações. Permaneceram ali cerca de meia hora, vagando de um lado a outro, sem encontrar nada suspeito.

— Acho melhor a gente desistir — disse Luíza, com desânimo, a certa altura.

— Vamos tentar mais um pouco — insistiu Rodrigo.

E assim se passaram mais quinze ou vinte minutos.

Eram pouco mais de sete horas da noite quando o primeiro cliente entrou na loja. Ele encarou os meninos por algum tempo, desconfiado. Depois, passou aos fundos do estabelecimento, onde cumprimentou com a cabeça o funcionário que atendera os garotos pouco antes. Este, então, ajeitou imediatamente sua postura relaxada e dirigiu-se a um canto do recinto. Em silêncio, tirou uma chave da cintura, abriu uma porta, deu passagem ao homem e trancou-a novamente. Cinco minutos depois, outro sujeito adentrou o lugar e a operação repetiu-se.

Uma a uma, em menos de dez minutos, quatro pessoas entraram por aquela porta escondida no canto da livraria. Em nenhum momento os supostos clientes disseram qualquer coisa. Simplesmente se encaminhavam para a porta e o funcionário prontamente a abria.

Os meninos acompanharam a movimentação com curiosidade.

— Vocês viram? — sussurrou Breno.

— Sim — respondeu Rodrigo.

— Estranho. Muito estranho — sentenciou Luíza.

Nesse momento, percebendo que estava sendo vigiado, o funcionário aproximou-se deles mais uma vez, de forma já não tão amigável.

— Vão querer alguma coisa? Se vão querer, digam, porque a loja está fechando.

Disse isso e apontou para a rua. Mas teve de interromper seu gesto, porque mais um cliente chegava. Levou-o até a porta, como havia feito com os outros, e uma vez mais a abriu para que ele entrasse.

— Meu Deus! — exclamou Breno, respirando tão fundo e arregalando tanto os olhos, que os meninos pensaram que ele fosse desmaiar.

— Que foi, Breno? — quis saber Luíza.

— Aquele homem! Vocês não viram?

— Não, não vi. Que foi?

— Ele... ele...

Não chegou a completar o que tentava dizer, porque novamente o empregado avizinhava-se, de braços cruzados.

— E então? O que vai ser?

— Nós já estamos indo, moço. Obrigado — disse Rodrigo.

Dirigiram-se à saída, acompanhados de perto pelo sujeito. Só quando chegaram ao lado de fora é que perceberam que Adriana não estava com eles.

— Cadê a Adriana? — perguntou Luíza preocupada.

Mas, antes que alguém pudesse responder, a menina era retirada da loja pelo funcionário, que imediatamente puxou a porta de metal e trancou a livraria.

— Delicado, não? — comentou Dida, sorrindo.

Ela segurava alguma coisa na mão. Rodrigo pensou em perguntar o que era, mas preferiu cuidar primeiro de Breno, que estava tendo um de seus acessos de asma, mirando a turma com os olhos muito esbugalhados.

— Que foi que houve, Breno? — repetiu Luíza.

— Aquele homem... e-ele... — gaguejou o menino.

— Fala de uma vez!

— Ele tinha uma tatuagem no braço... O mesmo símbolo que a gente viu no lenço do motorista do carro preto!

A informação caiu como uma bomba entre os meninos. Mas não era tudo. Para aumentar o assombro geral, Adriana tomou a palavra, mostrando um pedaço de papel:

— Lembram aquilo que o professor escreveu no livro?

— "Platão — A República" — disse Luíza.

— Isso mesmo. Pois eu abri uma das cópias do livro *A República*, de Platão, que estavam aí na livraria e... adivinhem? Dentro dela encontrei este papel.

— O que está escrito nele? — perguntou Rodrigo.

Mas a menina não teve tempo de responder. Assim que abriu a boca, escutaram um ruído de motor. E, quando olharam para o lado, na rua, viram o carro preto de vidros escuros e sem placa de que tinham acabado de falar.

12

Nova perseguição

— Corram! — gritou Rodrigo, e os meninos dispararam.

O problema era Breno, que puxava o ar com extrema dificuldade.

— Vamos. Eu te ajudo. — Veio em seu socorro Adriana, pegando-lhe a mão.

Mas Adriana não era das mais hábeis na corrida. De maneira que os dois, comparados com Luíza e Rodrigo, eram como turistas passeando num *shopping*: ficaram para trás, muito perto do carro, que se aproximava.

— Corram! — gritava Luíza.

Os dois davam seu máximo, sem conseguir se distanciar do automóvel. O fato de estarem de mãos dadas parecia atrapalhá-los ainda mais. Quando um tentava correr, era seguro pelo outro. E vice-versa.

— Venham!

Apesar dos apelos de Luíza e Rodrigo, a dupla permanecia lá atrás. E o veículo estava a apenas um metro deles. Breno tinha a boca tão aberta, que mal se podia ver seu rosto. Seu peito subia e descia rapidamente, e o suor escorria de todo o seu corpo.

Adriana, por sua vez, dava a impressão de possuir cinco ou seis pernas e de estar participando da marcha olímpica. Ela puxava o pobre Breno com tanta intensidade pelos dedos e apertava-os tanto, que se via a hora de o garoto ter aquela parte do corpo deslocada.

— Vamos!

O carro emparelhou com os dois retardatários. O motorista abriu o vidro e pôs a mão para fora, como se quisesse agarrá-los. Usava a mesma máscara de pano preto da véspera, com o mesmo símbolo marcado no lenço do pescoço.

— Socorro! — gritou Adriana, percebendo seu ataque.

Os passantes olhavam assustados para a cena. Mas ninguém ousava fazer nada.

— Socorro!

A mão do homem chegava cada vez mais perto, até que agarrou a camisa de Breno, que, ao sentir que tinha sido pego, largou a amiga e fez um movimento brusco para o lado. Adriana desequilibrou-se e agarrou-se a um poste para não cair. O garoto não teve a mesma sorte: caiu de barriga no chão, após ter a camisa rasgada.

— Breno!

Rodrigo e Luíza pararam e puseram-se a voltar até onde estava o amigo. O homem estacionou o automóvel e saiu na direção de Breno. Adriana, agarrada ao poste, só gritava:

— Breno!

O menino levantou-se do chão e preparou-se para correr novamente. Estava branco como vela e quase já não conseguia respirar. Quando ficou de joelhos, sentiu mais uma vez que o homem o agarrava.

— Peguei você!

Achou que a voz não era estranha. Tentou libertar-se, mas desta vez o perseguidor o segurava pelos dois braços, e já não tinha forças para lutar.

— Você vem comigo — insistiu o homem e puxou Breno na direção do veículo.

Vendo isso, Adriana precipitou-se sobre ele, esmurrando suas costas.

— Larga! Larga!

O mascarado empurrou-a para o lado, ela tropeçou, cambaleou uns dois metros e voltou a agarrar-se ao poste. Sem oferecer resistência, Breno continuava a ser puxado para dentro do automóvel.

— Venha!

O homem abriu a porta traseira do carro, suspendeu o garoto pelos ombros e, ficando de frente para ele, passou a empurrar seu corpo para cima do banco.

Quando restavam apenas as pernas do lado de fora, foi surpreendido por um forte encontrão: Rodrigo dera um salto e jogara todo o seu peso sobre o perseguidor, que acabou soltando sua presa e caindo sentado no meio-fio.

— Toma! — disse Luíza, estirando a língua.

Em seguida os dois, mais Adriana, que se recuperava do empurrão, retiraram Breno do banco do carro e trouxeram-no de novo para a rua.

— Por que vocês me tiraram dali? Estava tão confortável! — sussurrou o garoto.

Tinha os olhos revirados e estava zonzo. Seus lábios começavam a ficar roxos. Ele precisava tomar a medicação para asma ou pararia de respirar em breve.

— Precisamos levá-lo ao hospital, rápido! — disse Luíza.

Quando ela acabou de falar, repararam que o mascarado se recuperava do golpe e sustentava-se sobre as mãos, tentando ficar de pé novamente. Luíza e Rodrigo apoiaram o amigo nos ombros e gritaram para Adriana:

— Vamos!

Os quatro saíram em disparada. Logo entraram numa rua muito estreita, onde o carro não passaria. Viram o homem indeciso entre acompanhá-los a pé ou desistir da perseguição. Finalmente ele voltou ao automóvel e partiu. Estavam livres.

Ainda assim, só pararam de correr cinco quarteirões adiante. Pegaram um táxi e pediram ao motorista que seguisse para o hospital mais próximo. Após vinte minutos, chegaram a um posto de saúde, ali no centro mesmo. Tiveram de esperar numa fila enorme para ser atendidos.

— Moço, se nosso amigo não for atendido logo, ele vai morrer! — disse Adriana a um enfermeiro que passava no corredor.

— Não posso fazer nada. Vão ter de esperar na fila.

— Mas ele tem preferência! O caso dele é grave! — gritou Luíza revoltada.

— Na fila, mocinha! Na fila! — voltou a dizer o homem, e afastou-se.

As duas não estavam acostumadas àquele tratamento. Tinham planos de saúde que lhes permitiam ir aos melhores hospitais. Mas Rodrigo, cuja mãe não tinha dinheiro para pagar as altas mensalidades dos planos, sabia muito bem o que significava depender da saúde pública no Brasil: hospitais sempre lotados, sem aparelhos ou medicamentos, e pessoas morrendo nas filas por falta de atendimento adequado. Por isso se indignava. Não entendia como a mãe podia ser tão passiva e aceitar situações como aquela.

— Próximo!

Era a vez de Breno. Ele estava quase desacordado, com o rosto muito roxo. Seu peito não parava de arfar.

Apesar de tudo, o médico foi atencioso e, felizmente, o posto contava com um cilindro de oxigênio.

— É o único que nós temos — explicou o doutor.
— Às vezes não dá para cuidar de todos os pacientes.

Ao fim de meia hora, o menino estava bem melhor. E, após mais meia, já andava e respirava normalmente.

— Vou passar pelo menos uns dois séculos sem entrar em carro preto novamente — disse, ao voltar a falar.

Quando saíram do posto de saúde, os garotos pegaram outro táxi e mandaram-se para a toca. No caminho, Adriana mostrou o pedaço de papel que havia encontrado dentro de um dos exemplares de *A República*, de Platão. Ali, alinhava-se uma série de palavras que não faziam sentido à primeira vista.

— Outra mensagem cifrada! — notou Luíza.
— Precisamos desvendá-la! — disse Rodrigo.
— Vamos logo para a toca — chamou Adriana.

O carro seguiu adiante, pelas ruas tortuosas do centro, até alcançar o bairro onde Luíza morava. Antes de chegar à casa, no entanto, Rodrigo lembrou aflito:

— Parem o carro! Eu não posso ir para a toca. Estava completamente esquecido: é hoje o jogo da semifinal do campeonato. E, se o Nobre não ganhar, vou ser expulso do colégio.

— Para o Colégio Nobre, moço! — ordenou Luíza.

O motorista fez a volta e tocou para o colégio. Faltavam apenas cinco minutos para o início da partida.

13

A segunda mensagem

Assim que Rodrigo pôs os pés no ginásio, o juiz apitou, dando início à partida. Ao vê-lo correr ao vestiário para trocar de roupa, Júnior acenou freneticamente, como alguém que estivesse preso numa ilha deserta e acabasse de perceber um navio em alto-mar.

— Onde é que você esteve, rapaz? — disse, arrancando os cabelos, quando o menino chegou à quadra.

— Desculpe, Júnior, eu tive um probleminha e...

— Tempo! Tempo! Tempo! Eu quero tempo! — pediu o afobado treinador, interrompendo a fala do atleta.

Parado o jogo e feita a substituição, Rodrigo tomou seu posto na equipe, no lugar de Hugo.

— Valeu, Hugo!

— Pra cima deles, companheiro!

A torcida, que mais uma vez lotava o ginásio, bateu palmas e gritou seu nome em coro. Mas, apesar do entusiasmo do público, Rodrigo não estava tão seguro de que sua entrada havia sido uma boa ideia.

Ele tinha feito apenas um leve aquecimento, mas suas pernas pareciam pesar duzentos quilos. A correria de minutos atrás diminuíra sua força física. Mais do que isso, seu corpo estava gelado. O suor escorria frio por braços e pernas. Nunca havia sentido aquilo.

Não tinha dúvida de que essa sensação se devia ao sumiço do professor, às mensagens que descobriram, à ida àquela livraria esquisita do centro e, sobretudo, às perseguições que vinham sofrendo do terrível homem mascarado. Quem acreditaria neles, se contassem o que estava acontecendo?

A polícia não queria nem ouvi-los. Eles mesmos não podiam crer naquilo. Todo o enredo parecia saído de um filme de espionagem. E, no entanto, tudo não passava da mais pura verdade.

Alguém muito perigoso havia sequestrado o professor e estava no encalço deles. Era preciso descobrir o autor desses crimes e o motivo para a sua atuação. Suas vidas estavam correndo perigo. E, para completar, seria expulso hoje mesmo do colégio se o Nobre não ganhasse aquela partida.

Por isso suas pernas não queriam obedecer ao comando da cabeça e pareciam duas barras de gelo. Por isso ele não conseguia se concentrar no jogo direito. A pressão sobre o garoto era imensa.

— Toma, Rodrigo! — disse Pedro, fazendo-lhe um passe e interrompendo seus pensamentos.

Ao primeiro toque na bola, sentiu como se ela lhe queimasse os pés. Não sabia o que fazer. Parecia ter desaprendido a jogar futebol naquele mesmo instante. Acabou chutando-a para a lateral. Então pensou que, mais do que nunca, dependeria e muito dos seus companheiros. Tanto na quadra como na Toca...

Breno, Adriana e Luíza haviam deixado Rodrigo no colégio e, em seguida, dirigiram-se para a sede dos cavaleiros. Por mais que quisessem assistir à partida e torcer pelo amigo, não podiam. Tinham de desvendar a mensagem secreta. Mais uma que o professor lhes deixava. O que Ricardo tinha ido fazer na livraria? O que havia descoberto? Por que motivo usava aqueles códigos?

Todas essas perguntas estavam em suas mentes. E agora, enquanto Rodrigo tentava entrar no ritmo do jogo na quadra do Colégio Nobre, eles estavam dentro da toca, de porta fechada e ar-condicionado ligado, reunidos ao redor da mesa, procurando entender o texto do papel que Adriana abrira sob seus olhos:

> NA ANTIGA TORRE SE FALAVA:
> 08 DE NUIT EM JUEVES
> O AREÓPAGO IS SET
> NA LIBRERIA.

Fazia cinco minutos que ninguém dizia uma palavra. De repente, Breno virou-se para as duas meninas e disse:

— Eu não tenho mais dúvidas.

— De quê, Breno? — perguntou Luíza.

— De que o professor ficou louco. Vai ver que ele não foi sequestrado, e, sim, recolhido por um sanatório. Essas palavras não fazem o menor sentido!

— As outras também não faziam, bobão. E veja só o que a gente descobriu quando as decifrou!

Ele se calou e voltou a passar os olhos sobre o papel. Estava bem melhor depois de ter comido três sanduíches "X-Luíza", daqueles que só a filha da dona da casa sabia preparar. A menina cozinhava muito bem. Já tinham até lhe proposto que abrisse uma lanchonete. Mas ela dizia que não podia porque, sendo amiga de Breno, notório comilão, iria à falência em uma semana.

— Eu também não estou entendendo nada! — confessou Adriana.

— Calma — pediu Luíza. — A gente precisa ler e reler isto várias vezes.

— Parece alemão — resmungou Breno.

— Da outra vez pelo menos a gente identificava algumas palavras. Agora eu só consigo ler a primeira frase — comentou Adriana.

— Tudo bem. Mas, mesmo assim, existe alguma coisa familiar neste texto. Não sei o que é... — disse Luíza.

— Essa palavra, "areópago"... O que será que significa? — perguntou Breno.

— Só vendo no dicionário — sugeriu Luíza.

Ele foi atrás do livro e passou a folheá-lo com a ajuda das garotas.

Na quadra do Colégio Nobre, o jogo já estava no segundo tempo e o placar estampava: 3 x 3. Rodrigo mal tinha tocado na bola. Se o time dependesse só dele, estaria sendo goleado. Mas, felizmente, o futsal é um esporte coletivo e Zito, Pedro, Guga e Joel estavam num ótimo dia.

— O que está acontecendo com você, Rodrigo? — questionou Júnior, ao substituir o garoto por Hugo, aos cinco minutos do segundo tempo.

— Não sei, eu...

— Ânimo, rapaz! Ânimo! A gente precisa vencer esta partida!

Rodrigo, mais do que ninguém, sabia disso. Mas, por mais que se esforçasse, não conseguia "encontrar" seu futebol, como dizem os narradores esportivos. Precisava reagir. Uma boa atuação sua seria decisiva para a vitória do Nobre. No banco de reservas, ele pensava sobre isso.

— "Areópago" significa "assembleia", "reunião de sábios" — informou Breno, que, naquele mesmo minuto, na toca, lia o dicionário.

— Isso mesmo! — exclamou Adriana. — Lembram o "Areópago de Itambé"? Era um centro de estudos que reunia revolucionários de Pernambuco, no século XVIII. Foi uma espécie de "associação", "assembleia de sábios", que lutou para que Pernambuco se libertasse de Portugal.

— Claro! — Luíza sorriu. — Foi o próprio Ricardo quem ensinou isso, falando das revoluções libertárias pernambucanas. Ele sabia que a gente se lembraria.

— É, mas tirando esta palavra, o resto continua sendo grego... — disse Breno.

Ao ouvir aquilo, Luíza levou a mão ao queixo e releu o texto sobre a mesa. Depois, levantou a cabeça e declarou:

— Grego, não; espanhol. Esta palavra aqui, *jueves*, é "quinta-feira" em espanhol. Vocês não estão lembrados? Os dias da semana são *lunes, martes, miércoles, jueves, viernes, sábado* e *domingo*!

— Mas o que uma palavra em espanhol está fazendo aí? — indagou Adriana.

— Esperem! — gritou Breno e levantou-se excitado, esquecendo que havia um lustre logo acima de sua cabeça. Depois de dar uma pancada nele com a testa e cair de volta na cadeira com a mão sobre o olho, continuou: — "Na antiga torre"! O texto diz: "Na antiga torre se falava"! Só pode estar-se referindo à Torre de Babel!

— A Torre de Babel da Bíblia? — perguntou Luíza.

— Exatamente! — confirmou Adriana. — Segundo o Velho Testamento, antigamente os homens falavam uma só língua. Deus fez que falassem idiomas diferentes para puni-los pela construção da Torre de Babel.

— Entendi! Dessa maneira, o professor quis dizer que o texto cifrado está escrito em vários idiomas, e não apenas em português! — Luíza vibrou com a descoberta.

— Em vários idiomas? — Breno e Adriana estranharam.

— É! Vejam — continuou a menina, apontando para o papel e indicando de que língua provinha cada uma das palavras. Como fazia mais de um curso de língua estrangeira, a tarefa não lhe era difícil.

Quando acabou de falar, os três haviam traduzido inteiramente o texto. E, sem demora, partiram para o colégio. Precisavam falar com Rodrigo. Urgentemente.

14

A tradução

Rodrigo não viu quando os amigos entraram no ginásio e se postaram em pé, atrás do gol de Joel. Ele tinha acabado de substituir Hugo e partia para a quadra disposto a dar o melhor de si para desempatar a partida, que continuava três a três. Faltavam apenas três minutos para o fim do jogo.

— Vai, Rodrigo! — gritou Adriana, incentivando o amigo.

— Vai, Rodrigo! — imitou-a Luíza, levantando o queixo, arrebitando o nariz, dando um passo adiante e colocando-se na frente da outra.

— Olhem só quem está ali na arquibancada! — reparou Breno, apontando para os investigadores Armando e Baleia, que estavam sentados perto de uma das saídas do ginásio. Armando, com os óculos escuros no bolso e mãos no queixo. Baleia, devorando um pastel e segurando um refrigerante.

— O que é que eles estão fazendo aqui? — questionou Luíza.

— Vai ver que são fãs de futsal — propôs Adriana.

— Nada disso. Esta história está muito estranha — disse Breno.

— Vou até lá falar com eles! — decidiu-se Luíza enfezada.

— Não, senhora! — opôs-se Breno, segurando-a pelo braço. — Vamos ficar aqui e observar.

Fizeram como o garoto havia dito, permanecendo atrás do gol e espiando os policiais com o canto dos olhos. Na quadra, a partida continuava muito dura. Os dois times tentavam fazer o gol que lhes daria a vitória, mas o tempo passava e o placar não favorecia nenhum dos lados.

Rodrigo sentia-se bem melhor depois da passagem pelo banco de reservas. Não podia se entregar e deixar o time ser derrotado. Se perdessem o jogo, teria de dar adeus ao Colégio Nobre e a seus sonhos. Aquela não era uma simples partida. Estava decidindo seu futuro.

Com esse pensamento, superou o cansaço físico. Marcava, organizava as jogadas, dava passes precisos, chutava em gol. Voltou a ser o "cérebro" da equipe, e isso deu mais confiança aos seus companheiros.

— Vamos fazer o gol! O gol! — tentava gritar Júnior do banco, mas sua voz já havia sumido.

A cada oportunidade de gol desperdiçada, o técnico mordia a camisa, dava pulos irados e chutava o ar. Estava vermelho e nervoso. Sabia que já não havia nada que pudesse fazer. O time estava jogando bem e a chance de vitória repousava inteiramente nos pés dos meninos. Mas não restava muito tempo.

— Chutem em gol! Vamos fazer o gol!

Na arquibancada, Armando permanecia na mesma posição. Baleia, depois de acabar seu pastel, levantou-se e deixou o ginásio. Os meninos ficaram alertas.

— Aonde será que ele está indo? — perguntou Breno.

— Vá atrás dele. Nós ficamos de olho no outro — determinou Luíza.

— Eu? — replicou o menino nervosamente.

— É. Rápido.

— Tudo bem — concordou, por fim, e saiu atrás do policial.

Assim que o garoto desapareceu da vista das meninas é que aconteceu a jogada definidora do jogo. Faltava pouco mais de um minuto para o fim da partida. Joel pegou a bola e, num contra-ataque rápido, lançou-a para Rodrigo. O menino matou a pelota no peito, driblou um oponente e partiu para dentro da área. O goleiro adversário saiu da meta e avançou em sua direção. O atacante driblou-o e, quando armava o chute, foi derrubado por um zagueiro.

Pênalti. A torcida, que permanecia calada, tensa com o resultado da partida, levantou-se numa explosão de alegria e passou a cantar em coro:

— Nobre! Nobre! Nobre!

Atrás do gol de Joel, Luíza abraçou Adriana e deu-lhe um beijo na bochecha, pulando.

— Que foi que houve? — perguntava Dida confusa.

— Pênalti, boba! Pênalti!

— Para o Nobre?

— Não! Para o Flamengo!

No banco de reservas, Júnior juntou as duas mãos e passou a rezar, com os olhos voltados para o teto. Depois, disse:

— É com você, Rodrigo!

O menino pegou a bola e colocou-a na marca do pênalti. A pressão era imensa. O goleiro à sua frente se mexia. O público voltou a calar-se. Aqueles poucos segundos pareceram uma eternidade. Até que o juiz apitou.

Então o artilheiro correu para a bola, chutou e marcou.

— Gol!

Gol do Nobre. A partida estava decidida e a expulsão de Rodrigo postergada até pelo menos sexta-feira, dia da final.

Quando o árbitro encerrou o jogo, mais uma vez a torcida invadiu a quadra. Luíza e Adriana preparavam-se para fazer o mesmo. Então reencontraram Breno, que retornava para o ginásio.

— E aí? — perguntou a primeira.

— Grande perda de tempo — respondeu o garoto.

— O Baleia tinha ido apenas comprar outro pastel!

As meninas viram o policial voltar para junto do companheiro com a comida na mão. Armando levantou-se, disse-lhe alguma coisa e, em seguida, os dois desceram da arquibancada e dirigiram-se à saída.

— Atrás deles — convocou Luíza, e os três seguiram os policiais.

Acompanharam os investigadores até o estacionamento do colégio. De longe, perceberam quando a dupla se dirigiu a um carro, entrou e partiu. E tomaram um tremendo susto: o carro de Armando e Baleia era igual ao veículo preto, sem placa, que o homem mascarado usara para persegui-los.

— Meu Deus do céu! — exclamou Breno, benzendo-se.

— E agora? — perguntou Adriana, que desta vez percebeu o que estava ocorrendo.

— Vamos falar com o Rodrigo — propôs Luíza.

Encontraram-no na saída do vestiário. Luíza correu até ele e abraçou-o, dando-lhe um beijo no rosto. Aquele contato fez o coração do garoto bater apressado. O cheiro de Luíza era muito bom. Sentiu vontade de beijá-la. Mas logo seus pensamentos foram cortados pelas palavras agoniadas de Breno e Adriana.

— Vocês têm certeza disso? — quis saber, depois que lhe contaram o que tinham visto. Ao receber resposta positiva, indagou: — E quanto ao bilhete deixado pelo professor? Alguma novidade?

Luíza narrou tudo o que se tinha passado na toca. Explicou que a mensagem se referia à Torre de Babel e estava escrita em mais de um idioma. Depois informou o significado da palavra "areópago". E finalmente traduziu o texto, como já tinha feito para Breno e Adriana anteriormente:

— O professor escreveu: "NA ANTIGA TORRE SE FALAVA: 08 DE NUIT EM JUEVES O AREÓPAGO IS SET NA LIBRERIA." Muito bem. *Nuit*, em francês, significa "noite", e *jueves*, em espanhol, é "quinta-feira", certo? O verbo *to set*, em inglês, pode ser traduzido como "organizar", e a expressão *is set* como "é organizado". Por fim, *libreria*, em italiano, é "livraria", em português.

— Ou seja, às oito da noite da quinta-feira um areópago, ou encontro, é organizado naquela livraria — completou Breno impaciente.

— Amanhã é quinta-feira! — lembrou Rodrigo.

— Exato. E a gente precisa voltar à livraria para descobrir que encontro é esse — concluiu Adriana, encerrando a conversa.

Quinta-feira

Pela manhã, logo cedo, reuniram-se na toca para discutirem os últimos acontecimentos e decidirem o plano de ida à livraria. Os fatos tinham-se sucedido numa velocidade assustadora, e os meninos agora precisavam analisá-los com calma para escolher que caminho tomar.

Já sentados ao redor da mesa, Rodrigo pediu a palavra e iniciou a discussão, dizendo:

— Eu acho que a gente podia começar lembrando as informações recolhidas até agora. Alguém tem uma ideia melhor?

— Para mim, o mais importante foi a descoberta da livraria e desse encontro que vai haver lá, hoje à noite — opinou Luíza.

— Isso mesmo — concordou Breno. — Acho que hoje a gente trava a batalha final. Esse tal areópago vai dar a resposta para todas as nossas perguntas.

— Muito bem, também acho — tornou Rodrigo. — Com toda a certeza, essa reunião secreta tem a ver com o sumiço do professor, e eu estou curioso para saber de que se trata.

— Uma coisa é certa — disse Luíza. — Ricardo descobriu alguma coisa sobre essas pessoas e elas agora estão se vingando.

— Ou essas pessoas descobriram alguma coisa sobre ele — sugeriu Adriana.

— Mas o quê? — perguntou Breno.

— Isso a gente só vai saber mais tarde — afirmou Rodrigo. — Uma coisa que me intriga é o que vocês me contaram sobre Armando e Baleia: o fato de o carro deles ser igual ao que nos perseguiu.

— Tenho pensado muito sobre isso — admitiu Luíza.

— Para mim, eles estão envolvidos nessa história — declarou Breno. — Lembram como nos trataram quando tentamos ajudar nas investigações?

— É — concordou Rodrigo. — Não foram dos mais simpáticos.

— E tem mais, Rodrigo. Você disse que eles estavam lendo o livro sobre Getúlio Vargas, não é? — emendou Adriana.

— Estavam. Isso também é muito estranho. Por que Armando lia justamente esse livro?

— Alguma coisa existe aí — suspeitou Breno.

— E o pior vocês não sabem! — disse Luíza. — Ontem à noite eu dei uma lida no nosso novo livro de História, aquele que o professor substituto passou e...

adivinhem? Lembram que, na última aula, estudamos o fim da República Velha?

— Lembro, sim — confirmou Adriana. — A República Velha foi um período que se estendeu de 1889, com a Proclamação da República, até 1930.

— Certo — prosseguiu Luíza. — E sabem quem assumiu o poder, quem virou presidente, ao fim da República Velha?

— Esse é o assunto da aula de hoje — observou Rodrigo.

— É, mas eu já li — continuou Luíza. E repetiu: — Sabem quem?

— Getúlio Vargas — experimentou Breno.

— Getúlio Vargas! — confirmou a menina.

Aquela era uma informação pela qual eles não esperavam. Seria outra coincidência? Nos últimos dias, tinham esbarrado com aquele nome três vezes. Uma, por ocasião da primeira mensagem do professor. Outra, quando Rodrigo viu os policiais com o livro *Getúlio Vargas*. E, por fim, agora, ao saberem do assunto a ser tratado na próxima aula de História.

Que relação haveria entre Getúlio Vargas, um presidente brasileiro de que pouco haviam ouvido falar, e o sumiço do professor? Será que eles estavam imaginando coisas? Bom, nas últimas vezes em que pensaram isso, acabaram descobrindo uma reunião secreta numa velha livraria do centro da cidade.

— Eu acho que o melhor que a gente tem a fazer é ler esse livro, o tal *Getúlio Vargas* — propôs Adriana.

— Boa ideia, Dida — reconheceu Luíza. — Talvez a gente encontre alguma informação que possa nos ajudar. Eu o guardei aqui na prateleira. Vou buscar.

Enquanto a menina se levantava para apanhar o livro, Rodrigo tomou a palavra:

— Bom, vamos resumir aquilo que a gente sabe até agora. Primeiro, os policiais não são confiáveis. Devem estar envolvidos com os sequestradores do professor.

— Segundo, os sequestradores do professor têm alguma relação com essa reunião de hoje, na livraria — continuou Breno.

— Terceiro, a gente não tem a mínima ideia de quem frequenta a reunião e por que motivo — completou Adriana.

— É certo que são reuniões que ocorrem com regularidade — ponderou Breno. — Houve uma ontem e haverá outra hoje.

— Ricardo escreveu que às quintas-feiras havia reunião — concordou Rodrigo. — O que quer dizer que acontece toda semana.

— Essas pessoas devem fazer parte de algum clube ou associação — tornou Breno.

— Uma associação do mal, com certeza — disse Adriana.

Breno engoliu em seco e arregalou os olhos, como se só agora tivesse parado para pensar que aquela assembleia se reunia com propósitos malignos.

— É verdade — assentiu pálido.

— Mas eles não fazem o mal gratuitamente — lembrou Rodrigo, coçando o queixo. — Deve haver um motivo para terem sequestrado o professor.

Luíza voltou para a mesa com o livro na mão. Quando ela se sentou, Adriana indagou, como se pensasse em voz alta:

— Vocês já imaginaram como a gente vai fazer para entrar na reunião?

Não. Ainda não se tinham feito aquela pergunta. Desconfiavam de uma coisa: para chegar ao areópago citado pelo professor, teriam de entrar pela porta lateral, aquela que o funcionário da livraria abrira várias vezes e por onde passaram algumas pessoas na última vez em que estiveram lá. O que havia depois da porta e como fariam para atravessá-la era um mistério para eles.

— Talvez haja uma entrada pelos fundos — calculou Rodrigo. — É bom a gente chegar cedo para decidir como vai fazer.

— Isso está ficando muito perigoso. — Breno estremeceu. — Eu não gosto de brincar com pessoas que andam encapuzadas e têm um símbolo ameaçador tatuado no braço. Dá um azar danado!

— Esse símbolo... — disse Adriana, tentando lembrar-se de alguma coisa.

Mas não pôde ir adiante. Naquele mesmo instante, um som no computador veio anunciar que os meninos haviam recebido um *e-mail*. Coisa muito estranha. Afinal, o endereço eletrônico dos cavaleiros era um segredo muito bem guardado. Só os quatro o conheciam. Se estavam todos ali na toca, quem poderia ter enviado uma mensagem?

Luíza levantou-se para abrir o correio eletrônico. Passou os olhos sobre o *e-mail* que acabara de chegar e soltou um grito.

Os outros três puseram-se em pé e correram aonde ela estava. Ali, como Luíza, tiveram um sobressalto. Na tela do computador, pintado de verde, em fundo negro, estava o símbolo de que haviam acabado de falar. Abaixo dele, uma frase: "Cuidado!"

— Eles nos descobriram aqui! — disse Breno desesperado.

— Meu Deus! — exclamou Adriana.

Porém, o pior ainda estava por vir. De repente, já não havia luz. Tudo ficou escuro. Os pais de Luíza estavam no trabalho. As empregadas não haviam chegado ainda. Não havia ninguém em casa. E, no entanto, os meninos ouviram passos.

Alguém se aproximava da porta da toca.

16

O invasor

Todos recuaram até a parede oposta à porta, em pânico. Do lado de fora, ouvia-se o som de passos e de móveis sendo arrastados. Uma cadeira caiu no chão do quarto de Luíza. Algum objeto de vidro espatifou-se no chão. O invasor estava muito próximo da entrada da toca.

— Vamos usar o telefone — sussurrou Rodrigo.

— Isso! Vamos ligar para a polícia — sugeriu Adriana, num tom de voz alto.

Breno cobriu a boca da amiga num gesto rápido e trêmulo, com mais força do que o necessário, e disse indignado:

— Não ouviu o que a gente acabou de conversar? A polícia pode estar envolvida nisso.

Falava e apertava seu rosto de tal maneira que Luíza precisou intervir, antes que Adriana perdesse o ar:

— Assim você vai matar a pobre!

— Vamos ligar para os pais da Luíza — determinou Rodrigo.

— Boa!

Deslocaram-se até o telefone. No quarto, o barulho não cessava. Janelas eram abertas, armários devassados, a cama arrastada. O invasor nada dizia. Pelo visto, era apenas um. Talvez o mesmo homem mascarado que dirigia o carro preto. Com certeza, uma daquelas pessoas que se reuniam na livraria e estavam envolvidas no sequestro do professor.

— Vai logo, Luíza! — pediu Breno aflito, mas ninguém ouviu, porque sua voz estava completamente sumida.

A menina pegou o telefone e levou-o ao ouvido. Tornou a pô-lo no gancho e repetiu a operação.

— Nada — disse, os olhos cheios de lágrimas.

— O quê? — perguntou Breno.

Rodrigo tomou o telefone da mão dela e escutou. Desligou-o diversas vezes, ainda na escuta. Por fim, devolveu-o ao gancho com um suspiro:

— Cortaram a linha. E nossos celulares não funcionam aqui na toca.

— Ai, ai, ai! — foi tudo o que Breno conseguiu articular, sem voz, como alguém que falasse debaixo d'água.

— Vamos nos esconder — sugeriu Adriana, mais uma vez falando alto.

Breno foi à loucura:

— Psss!

No desespero, agarrou-a pela garganta.

— Desculpa! Desculpa! — ela dizia, alto de novo, deixando o garoto ainda mais agoniado.

— Silêncio — pediu Rodrigo. — Acho que "ele" ouviu a gente.

De fato, já não se escutava o invasor do lado de fora. Era como se ele, ao identificar um barulho, houvesse parado o que fazia para ouvir melhor. Os meninos voltaram a encostar-se na parede. Breno abraçou-se a Adriana. Rodrigo apontou com o dedo para o armário, energicamente.

Os quatro correram para onde o menino havia indicado, entraram e esconderam-se em seu interior, com cuidado, para não despertar a atenção. Quando se acomodaram, fecharam a porta e mantiveram silêncio. O móvel era muito grande e, apesar de cheio de jogos, comportava a todos perfeitamente. O problema era a falta de ar.

De repente, ouviram uma pancada na porta, como se quisessem arrombá-la.

— É agora — sussurrou Breno.

— Que calor! — reclamou Luíza.

A entrada do homem parecia iminente. Soou mais uma pancada. Depois, o silêncio. Um silêncio que se prolongou indefinidamente.

— Que foi que houve? — perguntou Adriana.

— Eu acho que ele foi embora — respondeu Rodrigo.

— Eu é que não saio daqui! — afirmou Breno.

— Pois eu saio! Não aguento mais este calor — disse Luíza.

Rodrigo segurou a garota pelo braço, impedindo-a de deixar o armário, e decidiu ele mesmo averiguar o que estava acontecendo. Não havia ninguém, além deles, na toca.

— Tudo limpo — informou aos outros, que o seguiram para fora do armário.

Logo depois, as luzes acenderam-se e o telefone voltou a funcionar. Os cavaleiros deixaram a toca e encontraram a casa arrumada como antes. Tudo em seu lugar. Nada havia sido roubado.

— Eles estavam mesmo atrás da gente! — exclamou Luíza.

— E, se vieram uma vez, podem vir outras. A sorte é que não encontraram a entrada da toca — lembrou Adriana.

— Acho melhor a gente dar o fora daqui! — propôs Breno.

— Já sei! Vamos até a Biblioteca Pública. Assim a gente se protege e pode ler o livro em paz — sugeriu Rodrigo, e todos concordaram.

A Biblioteca Pública Estadual ficava perto da Faculdade de Direito, no Parque 13 de Maio. Era muito frequentada por estudantes de escolas públicas sem dinheiro para comprar livros e sem acesso à internet. O grande acervo da biblioteca servia para a elaboração dos trabalhos escolares dos garotos.

Rodrigo fora um assíduo frequentador do local. Depois que passara a estudar no Nobre, trocara-o pela biblioteca do colégio. Mas eles não podiam ir ao Nobre, já que o livro que tinham em mãos era dado como desaparecido. E a Biblioteca Estadual constituía um lugar tranquilo para a leitura.

Passaram a manhã lendo *Getúlio Vargas*. O livro contava como Getúlio, um tenente do Rio Grande do Sul, havia dado um golpe militar em 1930 e se tornara presidente do Brasil. Em 1937 dera outro golpe, mantendo-se como ditador até 1945. Em suma, havia governado o País durante quinze anos.

Os meninos já tinham lido alguma coisa nos jornais acerca de ditadura, mas não sobre a de Getúlio Vargas, e sim sobre a ditadura militar que tomou conta do País em 1964 e se estendeu até 1985. Sabiam que, nas ditaduras, os jornais eram censurados, pessoas que discordassem do governo eram presas e torturadas e não havia eleições para escolher os governantes. Ou seja, numa ditadura, valia a vontade de quem estava no poder e se intitulava presidente, ainda que não houvesse sido eleito pelo povo.

Na democracia, pode-se pressionar o governo, discordar dele, fazer passeatas para defender uma ideia e votar em quem se acha o melhor candidato. O presidente é o chefe de apenas uma parte do governo, o

Poder Executivo. Há ainda o Poder Legislativo, que faz as leis, e o Judiciário, que julga.

Na ditadura, em vez disso, o Executivo "manda" nos outros dois e toma das pessoas os seus direitos. Em suma, numa ditadura o sujeito não é livre, não pode ter sua opinião e expressá-la. O que vale é a vontade do governo, a violência do governo, e só.

Eles não sabiam que no Brasil haviam existido ditaduras antes de 1964. Agora aprendiam que a história do País estava eivada de ditaduras e que a democracia era uma conquista muito recente. A ditadura de Getúlio Vargas era apenas mais uma, e esse governante tinha cometido todas as injustiças comuns a governos não democráticos.

— Mas esse homem era um monstro — avaliou Luíza, com raiva, ao fim da leitura.

— Não é bem assim — contestou Breno. — Ele também desenvolveu e modernizou o País.

— Tudo bem, o livro diz que ele estimulou a indústria, criou leis trabalhistas, fez várias reformas importantes — contemporizou Rodrigo. — Mas isso não justifica a violência.

— É isso aí — concordou Adriana, também indignada.

— Bom, apesar de tudo, não conseguimos ver nada no livro que pudesse nos ajudar a achar o professor — resumiu Rodrigo.

— É. E já está quase na hora da aula. Vamos — chamou Luíza.

Os meninos foram para casa a fim de tomar banho e trocar de roupa. Uma hora depois, três deles estavam reunidos na sala de aula. Apenas três, porque Adriana não apareceu.

— Onde será que ela está? — perguntou Breno preocupado.

— Não sei — respondeu Rodrigo.

— Vai ver que se esqueceu da aula! — disse Luíza, tentando acalmar os outros dois.

A primeira aula era de História, e o professor substituto, como os cavaleiros já haviam antecipado, falou sobre Getúlio Vargas. Mas, para a surpresa deles, o Vargas descrito não tinha nada de violento ou ditatorial. Segundo o professor e o livro que havia indicado, Getúlio fora um revolucionário que "fizera o Brasil avançar e se industrializar, transformando-se na potência econômica que é hoje".

— Mas, professor, ele não era um ditador? — perguntou Luíza confusa.

— Há momentos em que é preciso usar a força para realizar mudanças, Luíza — explicou ele. — Getúlio fez o que pôde por este país. Ficou conhecido como o "pai dos pobres" porque era bom e generoso.

Os três não ficaram satisfeitos com a resposta. Afinal, tinham acabado de aprender que as ditaduras são brutais e injustas. Prepararam-se para fazer mais perguntas, mas, antes que pudessem ir adiante, dona Clara chamou-os do lado de fora da sala.

— Oi, meninos, tudo bem? E então? Só queria saber se vocês, por acaso, não acharam aquele livro que estavam procurando. O diretor está-me apertando e eu não sei o que dizer.

Eles se entreolharam calados. Por fim, Rodrigo mentiu:

— Não, dona Clara, não achamos.

— Que pena. Por favor, se acharem, não se esqueçam de me avisar, viu?

— Não se preocupe.

Voltaram para a sala sentindo-se mal por terem mentido à bibliotecária. Diante do quadro, o professor seguia enumerando os principais pontos positivos do governo Vargas. Esqueceram as perguntas que fariam antes. Logo a sineta tocou e acabou a aula.

— E se a gente devolvesse o livro? Não adiantou mesmo muita coisa — propôs Breno, antes do início da aula seguinte.

— Talvez o Breno tenha razão, Rodrigo — concordou Luíza. — Dona Clara pode perder o emprego por conta disso.

— Certo, mas o livro não ficou com a gente. Está com a Adriana — lembrou o menino.

— E cadê ela? — perguntou mais uma vez Breno.

Na hora do recreio, os meninos dirigiram-se ao Subsolo. Discutiram os detalhes da ida ao centro. Sabiam que aquele era o grande dia. Em questão de horas, descobririam quem estava por trás do sequestro do professor. Ainda não sabiam como entrar pela porta secreta da livraria. Falavam sobre isso, quando o celular de Luíza tocou.

Era Adriana:

— Gente, eu descobri algo inacreditável...

— Onde é que você está?

— Em casa. Reli partes do livro sobre Getúlio Vargas e fiz algumas pesquisas. Vocês não vão acreditar!

— Diz logo, o que é?

— É sobre o símbolo, o símbolo que o mascarado usa e que o Breno viu tatuado em outro homem na livraria...

— Que é que tem?

— Eu estou indo para aí agora mesmo. Esperem, que eu conto pessoalmente.

Eles esperaram, como a menina havia pedido. Mas os minutos foram-se passando e nada de ela aparecer. As aulas acabaram. Chegou a hora de irem para a livraria e nada.

Adriana havia sumido.

17

O sumiço de Adriana

Os meninos tentaram ligar para o celular de Adriana, mas estava desligado. Não sabiam o que fazer.

— E agora? E agora? — repetia Breno, andando de um lado a outro do pátio do colégio.

Luíza também estava nervosa. Franzia a testa, mordendo o nó do dedo indicador, sem dizer nada.

Rodrigo era o mais calmo. Sentado no banco debaixo da árvore, curvado sobre o próprio corpo, pensava numa solução para o problema. Os outros cavaleiros sempre achavam impressionante essa sua capacidade de manter a calma e raciocinar friamente nos momentos mais agudos. Ele creditava isso à influência da mãe, sempre tranquila e ponderada.

— Talvez a Adriana tenha simplesmente resolvido pesquisar mais, gente — concluiu. — Ela não disse que tinha descoberto algo sobre o símbolo? Quem sabe não foi até a Biblioteca Pública estudar mais o caso?

— Sem avisar nada? — questionou Luíza.

— Bom, a Dida não é exatamente a pessoa mais "lembrada" do mundo. Vai ver que esqueceu...

— Sei não...

A essa altura Breno não ouvia mais nada. Parecia realizar um exercício maluco, indo de lá para cá. No lugar onde andava, havia-se formado um rastro. "Vai acabar cavando um buraco", pensou Rodrigo.

— E se esses caras pegaram a Adriana, Rodrigo? — perguntou Luíza, referindo-se aos misteriosos homens que se reuniam na livraria. — A gente já viu que eles são capazes de tudo.

O menino ficou sem resposta. Após alguns segundos, sentenciou:

— Eu acho que só nos resta uma saída: ir à livraria e desmascarar essa farsa de uma vez. Assim a gente fica sabendo quem são essas pessoas e qual o seu objetivo.

— É? E se eles pegarem a gente também? — contrapôs Breno, parando por um minuto e cruzando os braços.

— É um risco. Mas não consigo ver outra saída.

Mal Rodrigo acabou de dizer essas palavras e eles perceberam a aproximação de Reginaldo. O diretor desceu as escadas para o pátio, cumprimentando os alunos, e dirigiu-se aos cavaleiros:

— Olá! Como estão?

Aquilo não era comum. Reginaldo nunca se havia misturado aos estudantes. Esse era um hábito de Fernando, o antigo diretor.

— Parabéns pela partida de ontem, Rodrigo — continuou Reginaldo. — E então, achou outra escola?

— Eu?... Não... Ainda não — respondeu o menino.

— Em todo o caso, sua permanência foi prolongada por mais dois dias, não é?

— Sim.

— Vou sentir saudades suas, rapaz. Entenda que eu não queria que você se fosse. Mas regras são regras...

— Obrigado, diretor.

— De nada. Até mais.

Reginaldo caminhou até outro grupo de alunos. Os cavaleiros estavam atônitos, sem saber o que pensar. Nesse instante, Armando e Baleia entraram pelos fundos do pátio e dirigiram-se ao diretor.

Os garotos tremeram e ficaram sem reação.

— Doutor Reginaldo? Podemos falar com o senhor? — perguntou Armando.

Eles se afastaram até a cantina. Segurando uma pasta transparente na mão, Armando sussurrava, o diretor gesticulava muito e Baleia apenas comia batatas fritas de um grande saco, mastigando de boca aberta.

— O que será que esses dois querem com o diretor? — perguntou Breno, sobrancelhas arqueadas. — Eu estou achando esses cochichos muito estranhos. Eles não parecem estar interrogando. É como se estivessem prestando contas...

A conversa durou cerca de dez minutos. Quando acabou, Reginaldo voltou para a sua sala. Armando e Baleia iam retirar-se, quando viram os cavaleiros.

— E então? Alguma coisa que queiram nos contar? — perguntou Armando, aproximando-se.

— N-nós? — gaguejou Breno. — Nada!

Baleia acabou de comer suas batatas, guardou o saco oleoso no bolso da calça e bateu as duas mãos como uma foca gigante. Armando olhou para o companheiro, recriminando-o, e este parou o que fazia.

— Talvez saibam de algo que queiram nos contar — continuou o investigador barbado. — Outro dia mesmo estavam aflitos para dizer alguma coisa. No começo, não acreditamos em vocês. Mas agora...

— Não, não — desconversou Rodrigo. — Bobagem. Nós confiamos na polícia.

Baleia tirou outro saco de batatas fritas do bolso da camisa e passou a comer furiosamente. Como se estivesse num piquenique, não prestava a mínima atenção no que Armando dizia. Até que este, mais uma vez, olhou para o parceiro com ódio. Então Baleia parou de mastigar e, com a boca cheia de batatas, se desculpou:

— Foi mal.

Armando prosseguiu:

— Cadê a amiga de vocês?

— Amiga? Que amiga? — disse Luíza nervosa.

— A outra menina. Vocês não eram quatro?

— Ah, ela... ela está estudando, em casa...

Armando riu e trocou olhares com Baleia, que mal respirava. Depois se despediu:

— Bem, meninos, vamos indo. E não se esqueçam...

— Qualquer coisa a gente informa — completou Rodrigo.

— Ótimo! Aqui está o cartão com o meu telefone.

Rodrigo guardou o cartão que o investigador lhe estendia. Os dois homens viraram-se e seguiram para o estacionamento. Quando estavam de costas, Breno apontou freneticamente para a pasta que Armando carregava.

— Que foi, Breno? — quis saber Luíza.

— A pasta... a pasta...

— Que é que tem a pasta? Fala logo!

— A pasta tem um papel...

— Grande coisa!

— Um papel com o símbolo! Aquele símbolo! O símbolo do mascarado e da tatuagem!

Luíza caiu sentada no banco. Rodrigo teve um sobressalto, mas manteve-se firme, observando os policiais se afastarem com a máxima atenção. Percebeu algo. Ia falar, quando foi interrompido por Breno:

— O que a gente vai fazer agora?

Após alguns minutos de discussão, decidiram ir à livraria.

Deixaram o colégio extremamente nervosos. Dirigiam-se ao único lugar onde poderiam encontrar as informações que tanto procuravam.

18

Na livraria

Os três chegaram à frente da livraria por volta das sete horas e mantiveram-se afastados, para não levantarem suspeitas. Não havia movimento na loja. Apenas a caixa e o empregado estavam ali dentro.

A reunião estava marcada para as oito. Até lá, teriam de encontrar uma maneira de entrar no local secreto.

— Agora é a parte mais difícil — declarou Breno. — Quero saber como a gente vai entrar nesse negócio.

— Se só houver aquela entrada pela porta lateral, estamos fritos — comentou Luíza.

— Calma — pediu Rodrigo. — Esses sobrados antigos são muito grandes. Vamos dar a volta no quarteirão e procurar uma entrada por trás.

Fizeram como o menino havia dito. E, para a surpresa deles, depararam com uma porta nos fundos. Na verdade, como suspeitava Rodrigo, a livraria ficava no térreo de um sobrado dos tempos coloniais.

— Aí está — indicou Luíza.

— É — resmungou Breno. — Agora a gente vira fantasma e atravessa a porta.

— Não — contrapôs Rodrigo. — Use o seu canivete.

Breno tinha um canivete de bolso que carregava sempre consigo. Certa vez, quando a fechadura da porta da casa de Luíza emperrara, ele o havia usado para abri-la. Por isso Rodrigo lhe havia pedido que trouxesse o instrumento.

— Será que eu consigo? — perguntou Breno, sacando o objeto metálico.

— Tente — respondeu Luíza.

Ele rodou o canivete na fechadura e ali permaneceu por uns bons dez minutos. O local recuado em que ficava a livraria ajudava-os: estavam encobertos pelas outras construções.

— Abriu — comunicou Breno surpreso, ao ouvir um clique metálico.

Os três entreolharam-se indecisos. Ninguém ousava dar o primeiro passo. Mas a lembrança de tudo o que tinham passado e do sumiço de Adriana, em último caso, fez Rodrigo encher-se de coragem.

— E então? Vamos em frente? — perguntou.

— Sim — respondeu Luíza.

— S-sim — gaguejou Breno.

Empurraram a porta e avançaram. Deram com um corredor escuro, cheirando a mofo, e, ao final dele, com uma sala de móveis antigos, empoeirados e fora de uso — uma espécie de depósito.

Seguiram adiante, tateando pelas paredes por conta da escuridão, o coração muito acelerado, e toparam com uma porta. À frente dela, uma escada que conduzia ao primeiro andar.

Breno curvou-se e pôs o olho no buraco da fechadura. Logo se levantou assustado:

— É a livraria! Do outro lado fica a livraria. Estou vendo o empregado conversando com a mulher do caixa.

Eles se agitaram. De repente, subiu um frio pelas suas costas e seus corpos tremeram. Se alguém entrasse ali, seria o fim. Sabiam que aquela gente não deixava por menos.

Luíza deu a mão a Rodrigo. O menino curvou-se e colou o olho no buraco da fechadura, como Breno havia feito. Ao levantar-se, sussurrou:

— Esta é a porta lateral. Foi por aqui que os homens entraram ontem. A gente já está do lado de dentro.

— Mas aqui não tem nada — lamentou Luíza.

— A reunião deve ser lá em cima. Vamos subir.

— Ai, meu Deus! — suspirou Breno.

Começaram a subir a escada. Com cuidado, porque as tábuas velhas rangiam sob seus pés e o corrimão de madeira balançava ao toque de suas mãos. Ao vencerem os primeiros degraus, perceberam que havia luzes acesas no primeiro andar e pararam imediatamente, assustados.

— Deve ter gente lá em cima, Rodrigo — advertiu Breno.

— Vão ver a gente — disse Luíza.

— Agora não dá pra recuar — replicou o menino. — Vamos com cuidado. Eu vou à frente. Esperem aqui.

Ele fez como havia dito e, na ponta dos pés, sumiu da vista dos outros dois. Durante cinco minutos, mais ou menos, Luíza e Breno não o viram ou ouviram. Começaram a ficar preocupados.

— Será que pegaram o Rodrigo? — perguntou Luíza aflita.

— Ai, meu Deus! — suspirava Breno.

Mais cinco minutos se passaram e nada.

— O que será que está acontecendo? — tornou a perguntar Luíza.

— Ai, meu Deus! — repetia Breno.

Mas, no instante seguinte, Rodrigo acenava-lhes do topo da escada:

— Venham!

Aliviados, retomaram o passo. Então ouviram um barulho. Era a porta lateral, lá embaixo, que se abria. Em seguida, escutaram passos. Alguém estava subindo a escada logo atrás deles.

Luíza e Breno entraram em pânico. Rodrigo fez gestos desesperados, chamando-os para cima. Eles se puseram em marcha, mas não podiam correr, senão chamariam a atenção. Embaixo, os passos soavam pesadamente.

Ao fim de angustiantes segundos, finalmente alcançaram o patamar da escada. Rodrigo puxou-os pela mão e entraram num salão enorme, muito iluminado e enfeitado com cortinas, quadros e bandeiras, onde várias cadeiras haviam sido dispostas em fileiras diante de um palco com mesa e microfone.

— Por aqui — indicou Rodrigo e conduziu-os por uma pequena escada, que levava a uma sacada postada aos fundos do salão.

Chegando ali, abaixaram-se entre uma série de utensílios de escritório amontoados desordenadamente. De onde estavam podiam ver perfeitamente o salão. Perceberam quando o homem que subia atrás deles se dirigiu até as fileiras de cadeiras e sentou-se, consultando o relógio de pulso.

— Que lugar é este? — sussurrou Breno.

— Não tenho a mínima ideia — disse Rodrigo. — Mas acho que aqui estamos seguros.

— Pelo jeito, é o local do tal areópago — observou Luíza.

— E poderemos ver tudo de uma posição privilegiada — acrescentou Rodrigo.

— Olhem aquela bandeira! — apontou Breno.

A bandeira indicada por ele ficava atrás do palco. Era imensa, toda verde e, como as outras espalhadas pelas laterais do salão, trazia um símbolo negro estampado: o mesmo que estava na máscara do homem que os perseguira, na mensagem de computador e no papel que Armando carregava.

— Meu Deus!

Nas paredes havia quadros com imagens em preto e branco de passeatas e marchas que os meninos não conseguiam identificar.

— Não restam dúvidas — concluiu Luíza. — Aqui é o local do areópago.

Aos poucos, mais pessoas foram chegando. Perto das oito horas, o salão já estava totalmente lotado. Havia homens e mulheres de idades variadas. Breno observou que todos se vestiam de modo muito sério, com roupas de tecido, mangas compridas, as mulheres de cabelos presos.

— Parecem militares — comentou Luíza.

Finalmente, às oito horas em ponto, um dos homens sentados à mesa levantou-se, dirigiu-se ao microfone e disse:

— Boa noite. Sejam todos muito bem-vindos mais uma vez. Para dar início à sessão de hoje, gostaria de chamar nossa líder.

A plateia levantou-se, aplaudindo alguém que saía de um corredor ao lado do palco e se encaminhava ao lugar mais destacado da mesa. As cabeças dos presentes impediam os meninos de verem quem era a pessoa.

— Boa noite! — ouviram-na dizer, e aquela voz não lhes pareceu estranha.

Quando todos se sentaram, conseguiram, enfim, visualizar a mulher anunciada e tiveram um terrível sobressalto.

— Como?!

— Mentira!

— Não é possível!

A líder não era ninguém menos que dona Clara, a simpática bibliotecária do colégio.

19

A líder

Os meninos estavam estupefatos. Dona Clara? Dona Clara estava envolvida com aquele bando, com o sequestro de Ricardo? Não! Não conseguiam acreditar. Não era possível!

De onde estava, vestida de coturno e camisa verde, a bibliotecária prosseguiu discursando:

— É com grande alegria, meus amigos, que hoje eu digo a vocês que nosso plano está em franco andamento. Até agora, conseguimos nos livrar de todos aqueles que se opõem à nossa doutrina. Em breve alcançaremos nosso objetivo.

A plateia aplaudiu efusivamente. Algumas pessoas agitaram bandeiras com aquele estranho símbolo. Outras se levantaram e, com um dos braços estendido para a frente, fizeram uma saudação, dizendo: "Anauê!"

— Anauê? — estranhou Luíza.

— Eu já ouvi essa expressão antes — comentou Rodrigo.

— Foi no livro que a gente leu sobre Getúlio Vargas — lembrou Breno.

— Tem razão — disse Luíza. — Anauê... O que significa?

— Não estou bem lembrado — tornou Breno.

— Acho que...

Rodrigo interrompeu a fala porque a audiência se havia calado. Dona Clara retomou seu discurso:

— Sim, é preciso tirar de nosso caminho todos aqueles que se opõem à nova ordem que queremos implantar. Nosso país já sofreu demais com experiências fracassadas. Os subversivos estão no poder e estão levando o País à falência. Basta! Chegou a hora de os integralistas assumirem o comando.

Vivas e palmas. Mais uma vez, a plateia manifestou-se de maneira ruidosa. Os meninos ficavam mais e mais nervosos.

— Integralistas! Eram eles que usavam a expressão "anauê" — exclamou Luíza exaltada.

— Isso mesmo, Luíza. Agora eu me lembro — disse Breno. — Os integralistas surgiram justamente quando Getúlio Vargas estava no poder. Se vestiam de verde e usavam um símbolo... esse símbolo que está nas bandeiras! Esse é o símbolo do integralismo!

— O nome do símbolo é "sigma". O sigma é uma letra grega — explicou Luíza. — Os integralistas simpatizavam com o fascismo. E o integralismo foi uma espécie de fascismo brasileiro. "Anauê" é uma palavra de origem tupi que os integralistas usavam para se saudarem. Significa: "Você é meu irmão."

— Meu Deus! Mas existem integralistas ainda hoje? — espantou-se Rodrigo.

O espanto do menino era bastante compreensível. Afinal, segundo tinham lido, o fascismo havia sido um movimento italiano que, juntamente com o nazismo, provocara a Segunda Guerra Mundial e o assassinato de milhões de pessoas. Os fascistas eram extremamente nacionalistas e violentos. Acreditavam num Estado forte, ou seja, numa ditadura, e perseguiam seus adversários de maneira ferrenha, matando-os e torturando-os.

O integralismo brasileiro seguia basicamente os mesmos princípios. Getúlio Vargas era acusado de simpatizar com o movimento, e, de fato, sua ditadura tinha muitos dos elementos do integralismo, como os meninos haviam aprendido: acabou com a liberdade de expressão, censurou jornais, prendeu ou aniquilou todos aqueles que se opunham a seu governo.

O integralismo era o oposto da democracia. Defendia uma ditadura em que o governo, o Estado, podia tudo e o povo vivia aterrorizado, sem direito à liberdade, sem poder dizer o que realmente pensava.

Durante a Segunda Guerra, iniciada em 1939, Hitler, o líder nazista da Alemanha, e Mussolini, o ditador italiano, fizeram um pacto. Juntos, invadiram países e mataram inocentes, levando o mundo a uma batalha brutal, que assassinou mais seres humanos do que qualquer outra na história da humanidade.

Era com isso que os integralistas simpatizavam. Dona Clara havia falado em "subversivos". Subversivos, para os integralistas, eram os seus inimigos, as pessoas que pensavam de modo diferente deles. E o interesse dos partidários desse movimento era eliminar os "subversivos". Para eles, só o seu pensamento era verdadeiro. Todos tinham de pensar como eles. Caso contrário, sofreriam horrores.

O integralismo, além do mais, era um movimento patrocinado pelas elites, pelos mais ricos. Afinal, não pretendiam mudar as injustiças sociais existentes no Brasil. Quer dizer, para eles, os pobres continuariam sem as mínimas condições de vida, sem saúde, educação e moradia. Enquanto isso, os ricos permaneceriam com seus lucros, sem serem importunados por passeatas, greves e outros movimentos que exigiam justiça e distribuição de renda. O movimento era contra as manifestações populares.

Se era assim, como entender que houvesse gente defendendo aquela barbaridade? Qual o verdadeiro objetivo daquele novo grupo de integralistas, reunidos ali no primeiro andar da livraria? Por que, afinal, haviam sequestrado Ricardo? Como um professor do Colégio Nobre poderia estar atrapalhando o "caminho" deles?

— Não engano vocês: o caminho será longo até a vitória final — continuou a falar dona Clara, quando a plateia se calou. — Mas nossa tarefa é salvar o Brasil das mãos dos comunistas, que controlam o governo e as demais instituições. Formando uma juventude forte e sadia, educada nos princípios de nossa santa doutrina, em pouco tempo transformaremos a nação.

Novos aplausos e gritos de "anauê". Aquelas últimas palavras de dona Clara deixaram os garotos intrigados.

— Comunistas? Ninguém mais fala em comunismo hoje em dia! — comentou Luíza.

— É verdade. Mas os comunistas eram os grandes inimigos dos integralistas na época — observou Rodrigo.

— Bastava defender... a... democracia... para ser... considerado... comunista... pelos... integralistas — explicou Breno, fazendo força para não espirrar.

Ele era alérgico e estava com vontade de espirrar desde que chegara ali, por conta da poeira da sacada. Percebendo isso, Rodrigo suplicou tenso:

— Vê se segura esse espirro!

— Tran... quilo!

A audiência voltou a aquietar-se e dona Clara continuou sua fala. No geral, repetiu o que já tinha dito antes e pediu a todos os presentes que trabalhassem pela vitória do integralismo.

Enquanto falava, os cavaleiros repararam que seu novo professor de História estava sentado na plateia. Também perceberam que havia ali alguns pais de alunos e professores do Nobre. E até um diretor de outra escola.

Ao fim de meia hora, mais ou menos, a oradora encerrou seu discurso. Em seguida, outra pessoa subiu ao palco e passou a discursar. E foi no meio dessa fala que ocorreu um desastre.

Cansado de segurar o espirro, Breno não aguentou mais. Sentindo que a tarefa estava além de suas forças, levou ambas as mãos ao nariz, fez careta, meteu a testa no chão, mordeu o lábio, pediu ajuda aos amigos, mas de nada adiantou. Deu um espirro violentíssimo, que sacudiu sua cabeça para trás e fez o orador, em meio a uma pausa para beber água, quase se engasgar com o susto:

— ATCHIIIIM!

Todos no salão se voltaram para a sacada, entre rumores. Descoberto, o trio não teve alternativa a não ser se espremer ainda mais contra o chão, tentando esconder-se no meio dos objetos de escritório.

Logo os três ouviram passos subindo a escada e, segundos depois, sentiram mãos grandes e fortes agarrando-os pelo tronco.

— Enfim peguei vocês!

A voz do homem que os segurava era velha conhecida deles. Tratava-se do mascarado que os perseguira mais de uma vez. Só que agora estava de rosto descoberto, e os meninos puderam identificá-lo: era João Grandão, um dos porteiros do Colégio Nobre.

— João?
— Eu mesmo!

Foram arrastados por um corredor e trancados dentro de uma sala fedorenta e escura.

— É o fim, garotos! Desta vez, vocês estão ferrados! — ameaçou o porteiro, por fim, e soltou uma gargalhada.

20

Trancados no quarto

Eles entraram tremendo no quarto. Então João também estava envolvido naquela farsa? Era ele o homem mascarado. Com certeza, trabalhava a mando de dona Clara. Logo ela, que os cavaleiros achavam tão legal! Todos envolvidos no sequestro do professor Ricardo. E mais professores, pais de alunos e um diretor de escola! O que aquela gente queria?

Durante alguns minutos, os três falaram sem parar, um atropelando a fala do outro. Estavam muito preocupados. Não só com o que estava para lhes acontecer, mas também a Adriana. Onde estaria a menina? E Ricardo?

De repente, tomaram um novo susto. De dentro do quarto escuro, ouviram uma voz:

— Quem está aí?

Calaram-se imediatamente e recuaram até a parede. A pessoa repetiu:

— Quem está aí? Luíza? Breno? Rodrigo?

Quando seus olhos se acostumaram ao escuro, puderam vê-la. Era Adriana. Ao seu lado, levantando-se do chão, estava o professor Ricardo.

— Adriana? Ricardo?

Correram para abraçar a amiga e o professor. Os cinco ficaram durante um bom tempo assim, comemorando o reencontro. Depois, Rodrigo perguntou:

— O que é que está acontecendo, afinal de contas? Quem são essas pessoas? Como vocês vieram parar aqui?

Ricardo estava muito fraco. Parecia doente. Adriana, que sabia a história desde o princípio, começou a falar. E explicou tudo.

Todo o plano havia sido arquitetado por dona Clara. Era ela que havia fundado aquele grupo integralista. Como amiga dos donos do Nobre, havia inventado mentiras sobre o antigo diretor e pressionado para que fosse demitido do colégio. Para ela, Fernando "não tinha disciplina", deixava os alunos darem suas opiniões livremente e participarem democraticamente das decisões no colégio.

Realmente, na sua gestão, os meninos lembravam-se bem, foi fundado o grêmio estudantil do Nobre e os estudantes podiam opinar, em eleições, sobre alguns assuntos de seu interesse, como datas de provas e melhorias na estrutura do colégio.

Com a demissão de Fernando, dona Clara conseguira a indicação de Reginaldo para a vaga. Por já haver trabalhado com ele em uma escola pública, sabia que era extremamente ambicioso e que daria tudo para subir na carreira. Também era bastante rígido; discordava da ideia de "dar liberdade" aos alunos. Reginaldo devia-lhe o cargo e a bibliotecária tinha grande poder sobre ele, que acatava todas as suas sugestões, com medo de perder o emprego que tanto desejara.

Em suma, o novo diretor era manipulado por dona Clara. Não sabia nada a respeito do grupo integralista. Ela não confiava nele e havia mantido esse ponto em sigilo. De todo modo, não fazia diferença. O rapaz era uma espécie de testa de ferro. A bibliotecária servia-se dele como de um empregado que cumpria bem o seu papel.

Com Reginaldo no comando do Nobre, dona Clara começou a pôr o seu plano em ação. Pretendia acabar com "as liberdades" conquistadas pelos alunos do colégio e educá-los de maneira rígida. Não queria que tivessem acesso a livros ou professores que falassem em democracia.

Na verdade, sua intenção era formar alunos que obedecessem a ordens sem questionamentos. Também pretendia eliminar da escola todo estudante que não fizesse parte das famílias ricas e tradicionais de Pernambuco. E foi assim que tudo começou.

Em primeiro lugar, retirou alguns livros, que considerava "perigosos", do acervo da biblioteca. Como na Idade Média, quando a Igreja fez uma lista de livros em desacordo com sua doutrina e os queimou em praça pública, a mulher também elaborou uma relação de obras que criticavam o integralismo ou a ditadura e baniu-as, afirmando seguir ordens do diretor.

Em seguida, pressionando Reginaldo, foi além e exigiu que Ricardo e outros professores dessem notas baixas a alunos que se beneficiavam de bolsas de estudo. Eles eram pobres e, segundo dona Clara, não deveriam "manchar" a reputação do colégio, reduto da elite pernambucana.

A princípio, para ganhar tempo, Ricardo seguiu suas ordens (por isso Rodrigo havia obtido nota baixa, apesar de ter feito boa prova). Àquela altura, intrigado com as intromissões da bibliotecária na administração do colégio, passara a investigá-la e acabara por descobrir suas ligações com o integralismo e seus planos de controlar o que os alunos liam e o que os professores ensinavam em sala de aula.

O professor estava pronto para ir aos donos do Nobre e até aos jornais, se fosse preciso, para denunciar aquela manobra. Mas dona Clara também o estava bisbilhotando e sabia de sua insubmissão.

Foi ameaçado durante alguns dias. E, na tarde em que Rodrigo havia ido falar com ele a respeito da prova, caiu numa armadilha. Passaram-lhe um trote, dizendo que sua mulher estava doente em casa. Ao sair do colégio, fora sequestrado por João Grandão. Desde então, estava preso naquele quarto sem ventilação e sem luz, alimentando-se precariamente.

— Por isso é que ela estava tirando alguns livros da biblioteca, naquele dia, e falando de uma tal lista — lembrou Luíza irritada.

— Exatamente — confirmou Rodrigo. — E pôs esse professor novo no lugar do Ricardo, com um livro que só fala do lado bom do governo de Getúlio Vargas.

— Eu sabia desses planos dela. Estava sendo vigiado e temia que tentasse alguma coisa contra mim, a qualquer momento — disse Ricardo, com a voz fraca. — No dia em que me pegaram, estava desconfiado de que algo aconteceria. Por isso entreguei a mensagem cifrada ao Rodrigo e deixei outra no livro sobre Getúlio, em duas cópias: uma ficou na minha casa e outra no armário do colégio. Já havia seguido dona Clara até a livraria, mais de uma vez. Foi assim que deixei a pista no livro *A República*.

— E você, Dida? Como é que eles a pegaram? — perguntou Breno.

— Eu estava justamente indo ao colégio para dizer a vocês que, pesquisando na internet e em uns livros lá em casa, descobri que o símbolo que esse pessoal usa é o sigma. Aí, quando ia saindo de casa, também fui sequestrada por João.

— Quem diria! João envolvido nesse esquema... — indignou-se Luíza.

— Pois é... Todo dia eu falava com ele ao entrar no colégio. Não dava para saber mesmo — concordou Breno.

— Há mais alguém que participe dessa história de integralismo e que a gente não saiba? — indagou Luíza.

— Alguns professores, pais de alunos e um diretor de colégio, segundo Ricardo me contou — disse Adriana.

— Bom, seja como for, a gente tem de sair daqui o mais rápido possível — concluiu Breno. — O professor precisa de um médico. E eles estão planejando dar fim à gente.

— Mas sair como? — disse Adriana. — Eu e o Ricardo já vasculhamos todo o quarto. Não existe nem mesmo janela. Estamos perdidos.

— Só nos resta uma saída — declarou Rodrigo, que todo aquele tempo permanecera calado e pensativo.

— Qual? — perguntaram todos.

— Esperem um minuto.

Ele se agachou como quem vai amarrar o cadarço do tênis e, quando tornou a levantar-se, tinha um telefone na mão.

— Você está com o celular? Mas como, se eles arrancaram os nossos? — quis saber Breno.

— O meu estava escondido na meia.

— Você é um gênio, Rodrigo! — exclamou Luíza.

— Estamos salvos! — exultou Adriana.

Mas, nesse instante, sem que esperassem, a porta abriu-se e por ela entraram dona Clara, João e mais dois homens. A bibliotecária olhou para os garotos e para o professor de um modo perverso. Arrancando o telefone da mão de Rodrigo, disse:

— Chegou a hora. A brincadeira acabou. João, Aristides, Lobo! Levem esses daí para a sala de correção.

21

Na sala de correção

Os meninos e Ricardo foram arrastados para uma sala muito clara, em que luzes fosforescentes cobriam grande parte do teto e as paredes eram pintadas de branco. Num canto, havia uma câmera de vídeo. Abaixo dela, um painel eletrônico e um monitor. Mais afastado, um alto-falante.

— Vocês tentaram atrapalhar o renascimento de uma grande ideia — disse-lhes dona Clara. — E vão pagar por isso.

— Por que a senhora está fazendo isso com a gente? — choramingou Adriana.

— Não é uma questão pessoal — continuou a bibliotecária com os olhos vidrados. — Agiria assim com qualquer um que se pusesse no nosso caminho.

Ela parecia outra pessoa. Vestida numa roupa militar, de coturno, farda e uma braçadeira com o sigma, tinha perdido toda a doçura à qual os meninos estavam acostumados. Tratava-os de maneira distante, como se não os conhecesse. Falava de modo ríspido e autoritário.

— O que a senhora tem em mente, dona Clara? — perguntou Rodrigo.

— O integralismo é um movimento que vai trazer ordem e disciplina a um país onde impera a desordem, o caos. Vamos começar pelo Colégio Nobre, mas aos poucos o movimento vai ganhar outros colégios e instituições. Vamos formar jovens identificados com os nossos ideais. Vamos mudar este país.

— A senhora nunca ouviu falar em democracia, voto direto e eleição, né? — questionou Luíza vermelha de raiva.

— A democracia só trouxe miséria e desordem a este país. A democracia é um governo de fracos. O povo é ignorante e fraco. Os fracos não são capazes de mudar o País. Precisamos de líderes fortes, como Hitler e Mussolini. Precisamos de um ensino rígido, capaz de formar pessoas fortes, que serão nossos líderes no futuro.

— Pessoas sem opinião, é isso que vocês querem! Um bando de bestalhões! — gritou a menina.

— O integralismo vai dar um jeito neste país. Primeiro, vamos atuar nas escolas, formar os jovens. Depois, subiremos ao poder.

— Tomarão o poder, a senhora quer dizer. Darão um golpe! — corrigiu Breno.

— Os fortes têm o direito de escolher. Nós somos os fortes. O maior sinal disso é o que está acontecendo neste exato momento. Vejam: eu estou livre, vocês estão presos. Em breve, vão receber o que merecem. Eu venci, vocês perderam. Agora, se me derem licença...

Ela e os três homens deixaram a sala, batendo a porta com violência. Ouviu-se um barulho como de tranca.

Os meninos e Ricardo entreolharam-se sem saber o que dizer. Na tela do monitor começaram a aparecer cenas em preto e branco de Hitler e Mussolini, os ditadores que levaram o mundo à Segunda Guerra Mundial. Multidões de pessoas levantavam os braços, saudando-os.

— O que será que vão fazer com a gente? — perguntou Luíza.

— Não quero nem pensar — disse Adriana.

— Ela chamou isto aqui de sala de correção — lembrou Breno. — O que é que vocês acham? Vão-nos dar um castigo!

— Castigo? Que castigo? — perguntou Adriana.

— Talvez como o dos nazistas — disse Rodrigo, e todos se arrepiaram.

Eles sabiam muito bem que Hitler havia mandado milhões de judeus, ciganos e outras minorias para campos de concentração. Ali, eram jogados em grandes salas e asfixiados com gás.

— Calma, meninos — pediu Ricardo, forçando a voz. Ele estava muito pálido e cansado.

Após mais de uma hora de expectativa e tensão, as luzes apagaram-se. Na tela do monitor, continuavam as cenas de nazistas e fascistas. E a voz de dona Clara ecoou, dura, pelo alto-falante:

— Bem, garotos. Muito bem, professor Ricardo. A hora é chegada. Vocês serão os primeiros sacrificados pela revolução que nós implantaremos neste país. Dentro de um minuto, tudo estará acabado. Daqui por diante, seguiremos nossa marcha, sem empecilhos e com a certeza de que triunfaremos no final. Adeus!

Quando ela acabou de falar, a tela apagou-se. No painel eletrônico acendeu-se o número sessenta. Depois, o cinquenta e nove. Em seguida, o cinquenta e oito.

— É uma contagem regressiva! — constatou Breno.

Os cinco abraçaram-se. Rodrigo gritou:

— Vamos arrombar a porta!

Em vão tentaram arrombar a porta de aço que fechava a sala. Correram os quatro cantos do recinto. Não havia saída.

— Socorro!

Gritavam todos, em pânico. Mas ninguém ouvia.

— Socorro!

A contagem regressiva seguia seu curso: trinta, vinte e nove, vinte e oito, vinte e sete, vinte e seis...

— Alguém nos ajude, por favor!

Nada. Nem uma resposta. Vinte e cinco, vinte e quatro, vinte e três, vinte e dois, vinte e um...

— Aqui! Alguém!

O ar começava a rarear. Vinte, dezenove, dezoito, dezessete, dezesseis...

— Por favor! Socorro!

Mais uma vez, correram para a porta. Chutaram-na, esmurraram-na. Nada. Quinze, quatorze, treze, doze, onze...

— Por favor!

Sem sucesso, vasculharam as paredes novamente, em busca de um buraco, uma fresta, um vão qualquer que permitisse a fuga. Dez, nove, oito, sete, seis...

— Não!

Não restava mais esperança. Faltavam apenas cinco segundos. Reuniram-se no centro da sala, esperando pelo pior, gritando furiosamente.

O contador prosseguiu: cinco, quatro, três, dois, um.

— Ah! — gritaram de olhos fechados, quando chegou o número um.

Mas, em seguida, viram surpresos a porta ser aberta com um estrondo e por ela entrarem às pressas Armando e Baleia, os dois investigadores da polícia, com revólveres nas mãos.

— Por aqui! Venham! Rápido! — disse-lhes Armando, indicando a saída.

Estavam salvos.

22

Final

No dia seguinte, os jornais e a televisão fizeram uma grande cobertura do caso. O sequestro de Ricardo acabou ficando bastante conhecido, e os cavaleiros da toca transformaram-se em heróis da cidade. Aquela foi a primeira grande aventura deles. Muitas outras viriam pela frente.

Naquela sexta-feira não houve aula, os estudantes foram dispensados. A confusão era imensa no Colégio Nobre. Dona Clara havia sido presa em flagrante, juntamente com o porteiro João Grandão, pais de alunos, professores, o diretor de colégio que participara do areópago e os donos da livraria.

Outras pessoas estavam sendo investigadas. Entre elas, Reginaldo. Afinal, havia deixado a bibliotecária agir livremente. Os donos do Nobre reuniram-se e resolveram afastá-lo da direção da escola.

Entre os alunos, muitas perguntas. Todos queriam saber o que tinha acontecido. Os cavaleiros tiveram de repetir a história diversas vezes, do princípio ao fim, nos mínimos detalhes.

Mas havia uma pergunta à qual nem Breno, nem Luíza, nem Adriana sabiam responder: como é que Armando e Baleia descobriram onde eles estavam presos? E mais: os dois não estavam envolvidos com os integralistas?

Só Rodrigo sabia a resposta. Fora ele quem passara uma mensagem para o telefone de Armando, pouco antes de dona Clara tomar-lhe o celular das mãos, quando estavam presos no primeiro andar da livraria.

Àquela altura, já sabia que o motorista do carro utilizado pelos integralistas era João Grandão. Também se recordou de ter visto o automóvel dos policiais, horas antes, no colégio — ele era semelhante, mas não igual ao dos bandidos. Essas informações pareciam confirmar que, ao contrário do que os meninos pensavam, os policiais não haviam participado do sequestro.

Na verdade, Armando e Baleia estavam investigando o crime. O fato de possuírem um exemplar do livro *Getúlio Vargas*, levarem um papel com o sigma numa pasta e terem ido assistir a um jogo de futsal no Nobre apenas indicava que estavam recolhendo evidências, na tentativa de resolver o caso.

A princípio, não deram importância ao que os garotos tinham para dizer. Depois, passaram a desconfiar que os quatro poderiam ajudá-los, como o próprio Armando havia afirmado.

Pensando assim e lembrando-se de que o policial lhe entregara o cartão com seu número, Rodrigo, apesar de toda a desconfiança, resolveu arriscar e mandar a mensagem para o celular de Armando, pedindo socorro e informando onde estavam. Felizmente, seu raciocínio estava certo. E eles acabaram salvos.

O que nem mesmo o menino sabia era onde os investigadores haviam conseguido o livro e o papel com o sigma. Mas isso os dois, que também estavam famosos e davam entrevistas na TV, explicaram aos cavaleiros, na delegacia, na mesma noite dos acontecimentos.

O livro era um exemplar que o professor Ricardo havia deixado em seu armário, fechado, na sala dos professores. Nele, havia rabiscado algo em código, que não conseguiram decifrar, e um endereço da internet. O *site* continha uma explicação sobre o integralismo. E o papel com o sigma era justamente o resultado da impressão que fizeram da página.

Os policiais procuravam entender a relação entre o livro, o integralismo e o sumiço do professor. Desconfiavam que Reginaldo estivesse envolvido diretamente no sequestro. Por isso, foram várias vezes interrogar o diretor do Nobre e seguiam seus passos, chegando até a assistir a um jogo de Rodrigo.

Só não conseguiam explicar qual fora exatamente a intenção de dona Clara quando prendera os garotos e o professor no quarto branco e acionara a contagem regressiva. Não encontraram vestígios de gás ou de qualquer outro produto nocivo no local.

O certo é que, sem os cavaleiros da toca, os investigadores dificilmente chegariam a desvendar o caso. Seriam eternamente agradecidos aos quatro garotos, de quem se tornaram amigos. Deviam a eles grande parte da promoção que estavam prestes a receber.

Quanto aos cavaleiros, depois das conversas com os colegas e com a imprensa, reuniram-se na toca mais uma vez, para descansar da correria da semana e discutir tudo o que tinham vivido.

O que mais os impressionava era o fato de dona Clara, que sempre se mostrara tão gentil e simpática, ter-se entusiasmado por uma ideia como a do integralismo. Ideia que também havia seduzido João Grandão, cujo principal trabalho, além de persegui-los, era observar todos os seus movimentos no colégio. Havia sido ele quem invadira a casa de Luíza.

Também ficaram boquiabertos ao saberem que o grupo formado pela bibliotecária contava com muitos simpatizantes e era bastante organizado. Sua sede, no primeiro andar da livraria, tinha alguns computadores e profissionais de informática, que conseguiram rastrear o endereço eletrônico dos meninos.

Com o tempo, os cavaleiros descobririam que atitudes como as daquela mulher e de seus companheiros não eram raras. Há muitas pessoas que agem de maneira ditatorial: querem impor sua maneira de pensar a todo o mundo e não suportam discordância. É assim na escola, no trabalho ou no governo.

O que é pior, querem escolher quem pode ou não participar do poder. Dona Clara, por exemplo, queria excluir os mais pobres do Colégio Nobre. Para ela, as pessoas sem recursos não tinham o direito de estudar numa escola de elite.

"Por quê?", perguntavam-se os meninos naquela tarde de sexta-feira. "Na democracia, todos devem ter direitos iguais, não? Deve haver boas escolas, hospitais, casas e diversão para todos. Todos são iguais perante a lei", concordavam.

Por outro lado, sabiam que, no Brasil, as coisas não eram assim. Rodrigo, principalmente, tinha exata noção de quanto o País é injusto socialmente: poucos têm acesso a quase tudo e a maioria a quase nada; os pobres enfrentam uma situação terrível, muita gente passa fome.

No entanto, agora os cavaleiros estavam preparados para ajudar a transformar essa realidade. Estavam conscientes de que mudá-la só seria possível numa democracia, em que se pode protestar, mostrar o que está errado, criticar as injustiças, reivindicar uma vida melhor.

Começariam a fazer isso no próprio colégio, exigindo maior participação dos alunos nas decisões e a ampliação da cota para estudantes de baixa renda, que não tivessem condições de pagar a mensalidade do

Nobre. Pretendiam apresentar suas reivindicações tão logo o novo diretor assumisse.

E assim, entre uma conversa e outra, a tarde da sexta-feira foi passando. Às seis horas em ponto, eles deixaram a toca. Havia ainda mais uma batalha a ser enfrentada dali a poucos minutos: a decisão do campeonato de futsal, o maior jogo da vida do Colégio Nobre e de Rodrigo, seu artilheiro.

O jogo começou às seis e meia. Na arquibancada, Breno, Luíza e Adriana estavam entusiasmadíssimos. Do seu lado esquerdo, sentavam-se Armando e Baleia, que comia um sanduíche e segurava outro na mão. Do lado direito, dona Norma, que tinha vestido a melhor roupa para assistir pela primeira vez a um jogo do filho. Pouco acima, os donos do Nobre e alguns professores. Ricardo, que havia sido hospitalizado, ocupava uma cadeira de rodas, ao lado de dona Marta.

O ginásio nunca estivera tão lotado. A cada ataque do Colégio Nobre, a torcida enlouquecia. Quando Rodrigo tocava na bola, os aplausos eram ensurdecedores.

Luíza gritava:

— Vamos! Vai! Avança!

Adriana perguntava:

— O que foi? O que está acontecendo?

E Breno, ao acompanhar uma jogada mais vibrante, mastigava os nós dos dedos com força.

A verdade é que o jogo foi extremamente difícil. O time adversário era muito bom. No banco de reservas, Júnior perdeu completamente a voz e só não ficou inteiramente careca por milagre, pois puxava os cabelos como um louco, a berrar:

— Chuta em gol!

No final do segundo tempo, a partida continuava zero a zero, placar muito raro no futsal. Foi então que a estrela de Rodrigo brilhou mais uma vez. O menino fez bela jogada, passou por dois defensores e chutou. A bola bateu na trave, nas costas do goleiro e caiu no fundo do gol.

Colégio Nobre um a zero. Foi esse o escore final.

Quando o juiz apitou, houve festa. A torcida invadiu a quadra. Armando e Baleia abraçaram-se como duas crianças.

Ricardo e a mulher deram-se as mãos. Os donos do colégio e os professores festejaram. Dona Norma chorava, orgulhosa do filho.

— Colégio Nobre! Colégio Nobre! — cantava a torcida.

Na quadra, Luíza, Adriana e Breno tentavam aproximar-se de Rodrigo, que naquele momento recebia a taça de campeão. Breno acabou escorregando e teve de contar com a ajuda de Adriana para se levantar. Luíza passou na frente e, quando se encontrou com o artilheiro, sem que um dissesse nada ao outro, eles se beijaram.

Vendo aquilo, mais uma vez o público se agitou.

— Que foi? Que foi? — perguntou Adriana a Breno.

— Sei lá! Sei lá! Ai! — disse ele, levantando-se.

Logo depois, conseguiram reunir-se aos dois novos namorados, e os quatro abraçaram-se demoradamente. Em seguida, deram a volta olímpica, acompanhados pelos outros jogadores e pela torcida, comemorando a vitória.

Dupla vitória. Os cavaleiros da toca tinham vencido mais uma.